……雖然都事到如今了，
我決定相信你。
貴族千金只願意親近我。
1
Aristocratic daughters got used to me.

露娜・潘連梅爾

「我不會跟你以外的人遊玩喔。」

Luna Peremmer

書蟲才女——人們這麼稱呼她這位貴族千金。很重視自己的時間，無論是誰的邀約她都一概拒絕的原則眾所皆知，然而……？

我、我不是為了想被你稱讚，才那樣說喔。

艾蕾娜・盧克萊爾

Elena Leclerc

紅花公主──擁有這個稱號的千金小姐。有著亮麗的容貌，使得許多人向她求婚。

CONTENTS

序章　007

第一章　專屬侍女　014

第二章　紅花公主　045

第三章　書蟲才女　067

幕間　094

第四章　淡化負面評價　102

幕間　147

第五章　縮短距離　155

第六章　靦腆的約會　195

幕間　255

終章　258

貴族千金只願意親近我。

Aristocratic daughters got used to me.

1

夏乃實

Illustration——GreeN

Kadokawa Fantastic Novels

序章

半夜一點，一輛機車行駛在沒有電燈的山路上。

只能仰賴微弱照射過來的月光以及兩盞車頭燈維持視野。

「這裡還是一樣暗耶。道路也是，如果可以整備得更完善一點就好了……」

騎著機車的男子喃喃自語，同時保持一定的速度持續前進。

這條路是從工作地點回到自己家裡的最短路徑。儘管心有不滿，還是幾乎每天都會經過這裡。

「唉，得早點回家睡覺才行。明天也要加班……」

男子是個年輕的社會人士，也是普遍來說會被稱為社畜的那種人。

今天也依然過著一成不變的生活，然而一旦遇到意外或災害，日常就會在轉瞬間瓦解。

很可惜，對於這名男子來說，今天就是那樣的日子。

「——什……！」

事出突然，男子剎時睜大雙眼。

他看見一道從森林裡衝到車道的影子，在車頭燈的照射下才發現是一隻貓。

「等……！」

確認到身影的瞬間，他為了避開那隻貓而反射性地將龍頭往右轉到底。

可是這個舉動並沒有帶來好結果。至少對他自己來說是如此。

「啊……！」

男子茫然地驚呼。在理解到自己的狀況時已經太遲，防止跌落的交通護欄就近在眼前。

在那之後別說想像的時間，就連思考的時間都沒有。

一陣慢動作的感受來襲時，腦海裡浮現出「死亡」二字。

機車前輪順著衝力直接撞上交通護欄，遭受到強烈衝擊的同時後輪也高高抬起。被甩出去的身體跟機車一起在半空飛舞，並且被拋飛到懸崖的下方。

「唔！」

理解到這一切狀況的時候，就連掙扎都不可能。

「啊啊啊啊啊啊啊啊啊啊——！」

發出這樣的哀號後不知道過了幾秒……男子的身體受到重摔的衝擊，人生就此落幕。

然而——

「啊啊啊啊啊啊啊啊！」

彷彿剛才的現實依然延續下去般發出哀號的男子，在立即跳起身之後馬上察覺到不對勁的地方。

「……嗯！嗯？咦？」

原本墜落懸崖的身體還很健全。不，豈止如此，甚至比平常自己看慣的身體更加纖瘦，手臂也沒有曬黑。

「……啊？這、這是怎樣？這是怎麼回事！」

身上穿著質料柔軟的睡衣。而且現在身處的地方，是一張就算擺出大字形，空間依然綽綽有餘的大床上。

「不、不是吧……不不不不……」

無法理解。直到不久前自己還在騎機車，而且出了車禍。他分明擁有那段記憶，卻在完全不一樣的地方清醒過來。

「現在到底是什麼狀況……？」

依然困惑不已的男子走下床，滿懷不安地踏上地板環視整間寢室。

就在這時，他看見自己倒映在裝飾華美的全身鏡當中的身影。

「——唔！」

見到那副身影的瞬間，男子腦中頓時一片空白。

鏡中的人物帶有一頭整齊的茶色短髮和一雙綠色的大眼。就連鼻梁跟嘴形都很漂亮，是張從未見過的面容。

男子使勁地搓揉雙眼，然而就算再確認一次也不見任何改變。

「這、這個帥哥是誰啊……啊，是貝雷特啊……嗯？呃，我怎麼會知道這個名字……」

當我下意識地喃喃脫口，一種奇妙的感覺頓時竄過全身上下。

「…………」

我看著鏡中的自己幾秒，這下才總算察覺現況。

前世的記憶。再加上名為貝雷特的男生的模糊記憶。

現況就是這兩人的記憶混在一起。

（怎、怎麼可能……竟然會發生這種事……與其說是附身，這應該是轉生了吧……）

完全無從解釋為什麼會發生這樣的現象。

儘管面對這樣超乎現實的現況……我也沒有陷入恐慌。

大概是貝雷特的記憶起了很大的作用，使得我只對於「轉生」這件事感到困惑而已。

除此之外的所有事情都明白。

這裡是名為吉賽爾班恩的國家。

這世上並不存在日本這個國家。

貝雷特是侯爵家的獨生子，現在是個十八歲的學生。

雙親外出開拓其他領地，現在這片領地由祖父母代為管理。

以及還有服侍自己的侍女等。

「感覺真的好怪……呃，總之等一下是要吃早餐的時間吧……吃完飯之後也得去學園上課才行……」

我抽取腦海中的記憶以判斷現在身處的狀況，冷靜地安排計畫。

說真的，我很想慢慢花時間整理頭緒，但是不想因為休息而引人矚目。

「看來只能先這樣生活下去了……就算跟別人說明現況，想必任誰都不會相信吧……」

現在先靜觀其變。就在我這麼下定決心的時候——

「叩叩」。

「唔！」

時機很碰巧地傳來敲響通往走廊那扇對開門的聲音，同時有人說：

「貝、貝雷特少爺，早安……」

門外的那個人細聲且充滿顧慮地說。

（這個聲音是侍女希雅吧……她應該很忙才對，還是每天都來叫我起床，真的很認真工作耶……）

我不會因為這是她的工作就覺得理所當然。就在我想表達敬意並作出回應的時候，腦子裡竄過一道電流。

****

一個穿著女僕裝的嬌小女生。

她有一頭用粉紅色蝴蝶結綁著小辮子的黃白色頭髮，以及一雙圓滾滾的藍色大眼。

面對容貌還帶點稚氣的她——希雅，貝雷特皺緊眉頭。

『欸，希雅，妳今天來叫我的時間比較晚，到底怎麼了？妳知不知道自己是我的專屬侍女啊？』

『非、非常抱歉……！可、可是我按照時間敲了門，卻沒聽到貝雷特少爺的回應——』

『唉。我真沒想到妳竟然沒有想過我會睡回籠覺。』

『唔！』

貝雷特繼續用高壓的態度，語帶嘲諷地說：

『妳還是一樣沒用耶。我看真的差不多要換別人來做了。』

『真的很對不起……！但、但是請別把我換掉……唯有這點……』

『我都不知道聽過這樣的求饒多少次了，妳也該學會好好做事了吧？畢竟身邊徒有個派不上用場的侍女也沒意義啊。』

『我下次一定會努力幫上忙，還請您原諒……真的非常對不起……』

就算受到這麼不講理的指責，她還是深深低頭道歉。

她的家族代代延續著擔任這個家族隨從的使命。

這樣的希雅年紀是十六歲，比貝雷特小兩歲。既是跟他同樣就讀雷維華茲學園的學生，也是盡心盡力在協助他的人……即使如此，卻還是一直用高壓的態度對待，讓她生活在恐懼之中。

由於貝雷特是地位崇高的侯爵家繼承人，幾乎沒有人膽敢反抗，才會變得如此高傲。

結果就被其他人謠傳是一個「個性傲慢又惡劣的男人」。

這一切的資訊頓時都流入腦中。

第一章　專屬侍女

（不不不不，這個貝雷特竟然給我做了這些好事！）

過去對專屬侍女希雅做的種種行徑——平常這麼沒道理地對待她的事實令我驚愕不已。

說真的，我甚至無言以對。

「那個……貝、貝雷特少爺……？」

「啊！嗯，我起來了。」

聽到門的另一端再次傳來確認是否起床的聲音，我這才回過神。

如果是錯覺不知道該有多好……她懼怕的心情確實透過聲音傳達過來。

現在的自己能做的，就是不要再讓她更加害怕自己了吧……我讓自己用盡可能溫柔的聲音對她說：

「希雅，進來吧。」

「是、是的。打擾了……」

聽到我這麼說，她才畏畏縮縮地踏入寢室。

身穿女僕裝、用粉紅色蝴蝶結綁著小辮子的黃白色頭髮，以及一雙圓滾滾的藍色大眼。嬌小的身高和稚氣未脫的容貌。

——與記憶中同樣的身影，手上正端著放了紅茶的托盤。

她是我轉生之後第一個碰到的對象，很不可思議的是我絲毫沒有尷尬或很難跟她相處的感覺。

「貝雷特少爺！早、早安……！」

「嗯，早安，希雅。」

「唔！那、那個，早安！」

「嗯、嗯？早安。」

大概是沒有料到我會跟她打招呼，希雅的視線一陣飄移之後，又再次低下頭。

「那……那個，我端了紅茶過來，請問您要……喝嗎？」

「嗯。既然妳都拿來了，我就喝吧。」

「謝、謝謝您！」

「咦？喔、喔……嗯。」

如果是「遵命」之類表示理解的回覆還說得過去，這句道謝絕對很奇怪。

不過，她會作出這種奇怪回應的原因顯而易見。

（唉……竟然一大早就欺負這麼拚命工作的孩子，貝雷特根本爛透了……）

儘管我打從心底這麼想，現在的貝雷特正是自己。這讓我湧上難以言喻的複雜心情。

為了甩開這種鬱悶的想法，縱然生硬我還是擠出笑容對她低頭致意。

「謝謝妳平常這麼照顧我，希雅。真的幫了我很多。」

我提高聲量，希望可以確實傳達這份心意。

可是我現在實在不應該作出這項舉動。直到我抬起頭來的瞬間，才察覺到這一點。

「咦——」

我見到的是一臉啞然的希雅不禁鬆開拿著托盤的手的光景。

這個日常言行都很具攻擊性、高高在上，並且覺得別人盡心服侍是理所當然的男人，認為他絕對不可能出言道謝的男人，今天突然低頭致謝了。

這當然會讓她覺得就像天翻地覆一樣驚訝——

「鏗鏘」！

茶杯摔破的聲音響徹房內，碎片也跟著四散。還飄著熱氣的紅茶在地板上擴散開來。

「……」

「……」

一片寂靜籠罩寢室。相較於傻眼而愣住的自己，希雅率先回神。

「非、非非非非非非常抱歉！我立刻處理！」

「等等，妳先住手！這是命令！」

「素、是！」

我連忙制止一臉鐵青蹲下來就要去撿拾玻璃碎片，還焦急得直接伸出手的她。

（要是讓她在這麼慌張的狀態下收拾，肯定會……傷得滿手是血吧。）

光是想像，我就起雞皮疙瘩。

（話說回來，不過說了這是命令，也不用這麼畏縮……）

回應的時候還吃螺絲，看來相當緊張。這代表她就是害怕成這樣。

「呃，這樣很危險，總之先交給我處理。」

「啊……」

能保持冷靜就算了，總不能讓她在現在這個狀態下收拾。

而且她會如此慌亂，原因也出在貝雷特至今的行徑上。是自己向她道謝的關係，才會引發這樣的失誤。

並不是所有責任都在希雅身上。

我先將四散的杯子碎片集中到托盤上，用放在小雜物櫃的紙將打翻的紅茶擦拭乾淨。

途中我朝希雅瞄了一眼，只見她眼眶泛淚且身體顫抖不已。

（她真的身處在很糟糕的環境耶……）

令人難過的是，這就是平常很過分地對待她帶來的結果。

為了不讓別人發現已經換成別的人格，最好還是要貫徹至今的態度吧。

可是我沒辦法那樣對待她。

總覺得只是對她道謝就嚇成這樣的自己很可悲，我再次對她說：

「希雅，妳有沒有受傷？或是燙到哪裡呢？」

「沒、沒有。我沒有受傷也沒有燙到……對不起……」

「咦？」

這句道歉聽起來簡直就像帶著「我受傷或燙到了比較好對吧」這樣的含意。

是我多心了嗎？雖然一瞬間浮現這樣的想法，思及至今都是怎麼對待她，有這樣的深意似乎才是正確的解讀。

「總之妳沒受傷真是太好了。」

「……」

不知道是不是沒聽到我剛才說的話，只見她依然低垂著頭。

（啊……以希雅的立場來說，讓我這個主人親自負責打掃，是不是也會害她扛起很大的責任啊？）

既然是我命令她不要收拾，就絲毫沒有必要產生這種念頭，然而說不定以她的立場來說不能這樣。

「那個，希雅？」

「唔！」

「呃，就是……該怎麼說呢，妳別放在心上。任誰都會有失誤的時候，下次小心一點就好。就算打破了，也請妳別慌張，要謹慎地收拾。」

「…………」

她露出完全無法理解的茫然表情看著我。

「那個，總之下次要多注意一點。」

「是、是……我明白了……」

大概是因為沒有受到平常的斥責而感到困惑吧。雖然很令人悲傷，總算能看到她除了懼怕以外的表情了。

「好，那妳就說這個杯子是我打破的吧。我也會配合妳這樣說。」

「咦！啊……怎、怎麼可以！」

「沒關係啦，沒關係。」

無論是希雅打破的，還是貝雷特打破的，雖然打破杯子的這個結果不會改變，只要說是我自己打破的，就能避免希雅遭人指指點點，也不會被其他人責怪。

這種時候利用自己的立場，想必絕對不是壞事吧。

「請、請問我會被處以什麼樣的懲罰呢……畢竟這是貝雷特少爺愛用的杯子……」

她一副想說「換作是平常的貝雷特少爺」之類的話，不過好像害怕到不敢再說下去。既然如此，我可以蒙混過去。

「我確實很喜歡，可是既然是總有一天會壞掉的東西，那也無可厚非。」

「……」

（嗯嗯嗯，很奇怪對吧。至今一直欺負妳的貝雷特竟然會說這種話。不過那副表情會讓我很受傷喔？）

正因為如此，有句話我一定要說。那就是——還是儘快習慣我這個貝雷特吧。

「總而言之，希雅沒有受傷才是最重要的。畢竟杯子還有很多個可以替換，可是希雅是無可取代的啊。」

「…………」

（嗯嗯嗯，果然很奇怪對吧。至今一直在欺負妳的貝雷特竟然會說這種話。會覺得「你好意思這樣講？」對吧。）

她什麼話都不說，依舊很茫然的樣子。

面對這樣的狀況，為了不讓轉生的事情被發現，我一邊想著該怎麼說才能讓過去的所作所為合理化。

「況且杯子會掉下去的原因出在我身上吧？因為我做出跟平常不一樣的舉動。」

「沒、沒這回事！是我太不小心了！」

「妳就老實說沒關係。反正我也不認為錯在於妳。」

「唔！」

大概是我加強了語氣，讓她覺得像在命令一樣吧，我能聽見她倒抽一口氣的聲音。

（不，有必要全身抖成那樣嗎……看起來就像只有那裡發生了地震一樣……）

這樣反而讓我覺得很對不起她。

「那個，說、說真的……我確實嚇了一跳。」

「因為我向妳道謝的關係嗎？」

…………………點頭。

相隔很長一段時間才微微點點頭的她，就像不知道接下來會受到什麼樣的對待，膽顫心驚地抬起眼神看過來。

與此同時也能感受到「貝雷特少爺究竟怎麼了？」的困惑。

接下來就是我的緊要關頭了。正是為了不讓她發現轉生一事的關鍵時刻。

我總不能明言「因為已經換成別的人格了」這種話。

想也知道會被人覺得「腦子出問題」。說不定是我想太多了，可是搞不好還會因此不被當成人類看待。因為會遭到迫害也不一定。

「反正就是……我變得跟之前不一樣對吧？」

「……」

沉默就代表肯定。看到我這樣的態度，不可能還說得出「沒有改變」這種否定的話。

（要怎麼解釋至今欺負希雅的原因……理由……）

說真的，我不知道該怎麼對她說才好。因為至今對她的所作所為，就算道歉也不能得到原諒。

即使如此——也只能找藉口合理化了。我十分清楚這麼做變成在仰賴希雅的為人，不過還是開口說：

「……儘管沒有任何事情可以獲得原諒，對於至今對妳的所作所為，我真的感到很抱歉，希雅。」

「唔！」

這個世界不可能發生侯爵家的繼承人向一個侍女道歉這種事情。

縱然她露出「您到底怎麼了！」的表情，我總不能豁出去回答她：「大概是換成別的人格的關係吧！哈哈哈。」

「該怎麼說才好呢？呃，那個……」

「是、是？」

「我想妳應該也覺得難以置信，就是……就是啊……」

我在這麼回應並拖延時間的同時拚命絞盡腦汁，總算想到一個藉口。

「那個，我至今之所以一直對妳這麼嚴苛，是考慮到如果希雅離開這個家，就是……如果妳到其他貴族家擔任侍女或傭人，可以不用擔心處處碰壁。畢竟有些貴族可能還會讓妳受到更過分的對待。」

「……」

「雖然在妳從學園畢業之前都會在我們家服侍，這段期間侯爵家也有衰退的可能，到時候說不定不得不讓希雅離開。所以……為了讓妳無論面對什麼樣的環境都忍受得下去，我才會採取那種態度……」

這完全就是在幫貝雷特善後，然而自己如今既然作為貝雷特活著，就實在無可避免。

而且貝雷特欺負希雅的真正理由，是「她不管做什麼事情都很完美，所以看不順眼」。

我不可能告訴她這種無藥可救的理由。

既然如此，當然還是說出自己想的藉口比較好。

「不、不過，妳在晚宴上也表現得大受好評，所以這樣做或許太多管閒事了，可是既然妳正在服侍的人是我，無論如何我都要負起責任才行。」

「……」

「然、然後啊，我跟認識的人說起這件事，對方跟我說『做得太過火了』，並建議我『這種事情直接跟當事人明講就好』，所以我現在才會跟妳開誠布公。」

「…………」

（嗯——說不過去。再怎麼樣也太強詞奪理了。而且這個狀況本來就太絕望了……希雅甚至什麼話都不說……）

我一臉正經地面對她，腦子裡卻這麼想。

「貝雷特少爺……」

「嗯？」

才想說她總算願意開口了，希雅的雙眼泛起淚光。

「也、也就是說……貝雷特少爺至今所做的一切，全都是在為我著想嗎？並不是因為我太沒用之類……」

「當、當然不是！」

（她竟然接受這個說詞嗎！）

我差點就喊出自己的心聲。

「……從妳至今的工作表現看來，我想無論面對什麼樣的環境，妳都能做得很好，所以我不會再做那種不合理的要求了。對我來說，妳是很自豪的侍女喔。」

「唔！嗚、嗚嗚……」

「呃！」

她就像再也按捺不住般哽咽起來。

對於一直都沒有受到稱讚的希雅來說，這番話大概讓她一心一意的努力得到回報了吧。

將綁成小辮子的黃白色頭髮拉到臉部前方的她忍著哭聲，不讓我看到她哭泣的樣子。

我能感受到她不想在主人面前露出難堪一面的強烈意志。

「呃、呃……讓妳受到這麼多苦，對不起。我真的很抱歉，以後都會像這樣跟妳好好相處，所以往後也可以讓我多仰賴妳嗎……？」

貝雷特一直以來都用很糟糕的態度對待她。

大概沒資格說這種話吧。就算被她拒絕應該也不能抱怨。這些話對她來說或許也毫無信用可言。

即使如此，我還是很想跟希雅好好相處。想開心地過生活。想跟她培養良好的關係。雖然這是我一廂情願的想法也說不定，同時也是我的真心話。

「……希雅？」

見她依然用頭髮遮掩自己的臉，我便叫了她的名字，這時她就像回應我的心意般重重地點了點頭。

「謝謝。我也會努力成為讓希雅能感到自豪的出色主人。」

「我、我也是……我會比現在更加努力……」

「希雅倒是不用太勉強自己也沒關係喔，嗯。」

（要是讓希雅比現在還更加努力，根本是惡魔般的行徑吧。）

真沒想到在轉生之後，才過了短短的幾十分鐘就經歷了這樣的對話。我甚至沒想過會把女孩子弄哭。

雖然得花上好一段時間釐清所有狀況，至少比之前更加拉近了彼此之間的關係，讓我打從心底感到高興。

接著在吃過早餐之後。

（哦～……不是吧，我的天啊。這個街景真的好厲害……）

打理得很整齊的石板路配上流經城鎮的運河，還有石造和磚造的民家。屋頂全都統一成橘色，環繞在城牆內的城鎮充斥著童話國度般的氛圍。

（直到半路都還搭乘馬車，可是決定下來用走的真是正確的選擇……儘管作出跟平常不一樣的行動，我事先已經找好藉口，所以應該沒問題。）

那個藉口就是「想跟希雅邊走邊聊」這樣單純的理由。即使如此她還是全盤相信，讓我得以放心地享受城鎮上的氛圍。

要不是有貝雷特的記憶，我面對這樣的街景應該會更加感動，然而還是足以產生「在觀光」的感觸。

在我環視四周欣賞景致時——發現希雅不斷偷瞄，朝我投來感覺欲言又止的視線。

「嗯？怎麼了嗎，希雅？」

「啊，對不起！」

大概是以為這樣的視線讓我覺得不舒服，她立刻道歉之後低下頭……雖然雙手指尖併在一起，她還是不斷朝我看來。

因為我們並肩而行，很容易就會知道。

「瞧，妳又看了。」

「啊，那個，這是因為……！」

「哈哈哈，我不會這樣就生氣，妳別這麼慌張啦。」

因為不同於平常的貝雷特，她才會覺得不知所措吧。在習慣之前當然會感到困惑。

「比起這個，平常都是我自己一個人走在前面，真是抱歉了。」

「請、請別這麼說！」

平常的貝雷特為了不看見希雅，都會逕自走在前方。

因為幾乎是被拋在後頭的狀態，對她而言「快步跟上」是很理所當然的模式。

可是從今天開始就不一樣了。

我會配合希雅小小的步伐，與她並肩而行。

「……那個，貝雷特少爺……」

「嗯？」

「請、請您別顧慮我這麼多。我是站在要協助貝雷特少爺立場的人，反而受到您這樣體貼的對待不太對……而且今天早上才剛犯下那麼大的失誤……」

「這並不是什麼體貼。只是我本性如此，這樣會比較輕鬆。」

我理解到一件事情。那就是希雅基本上不會抱持懷疑。以及基本上都會相信我。

這跟她單純的個性有關。那雙透澈的眼睛就證明了這一點。

（如果我的專屬侍女不是像希雅這樣的人，想必……）

一半會投來質疑的眼光。另一半則應該會用輕蔑的眼光看待。我光是想像一下就覺得很可怕。

「而且剛才已經說好了，妳之所以會打破杯子，原因在於我沒有任何說明就突然向妳道謝吧？別放在心上。」

只是道謝就會嚇到她。再次體認到這個事實就令我感到悲傷，不過還是要忍下來。

「更何況，只要是希雅為我泡的紅茶，不管是用什麼樣的杯子都很好喝啊。」

「謝、謝謝您……」

「哈、哈哈……」

這樣圓場好像又講得太過頭了，突然讓人覺得很害臊。

就在我搔搔臉頰並轉而面向前方時，耳邊聽到身邊傳來聲音。

「得快點習慣才行……」

那是一句非常非常細微的自言自語。

希雅大概覺得我沒有聽到吧。往身旁一瞥，只見她開心地微微揚起嘴角。

本來還有點猶豫要不要直接裝作沒聽到，但是像這樣兩人獨處的時間，正是修復彼此關係的大好機會。

「——嗯。希望妳能早點習慣呢。」

「唔！對、對不起！」

我半開玩笑地回應之後，她就露出「竟然被聽到了！」這樣好懂的表情。

如果本來就跟她很要好，應該不至於這樣就向我道歉了吧。

而是會用可愛的聲音喊著「被您聽到了嗎！」，進而聊開話題才對。

（怎麼會想要欺負這樣的女生啊……什麼叫看不順眼，真是莫名其妙。）

儘管自己沒有參與那些過去，這個事實教人感到心痛。

「……那個，希雅，我想順便問妳一個問題，可以嗎？」

「好、好的。請問是什麼事呢？」

「至今的我跟現在的我……妳覺得哪個比較好？」

「咦……」

一般來說應該會回答後者。話雖如此，我還是想得到確信。

「回答不出來嗎？」

「…………」

隔了一小段沉默。她看起來想避開這個回答，不過大概是視為命令了吧。

她的一張小嘴開開合合，感覺有些難為情地回答：

「那、那當然是……就是……我比較仰慕現在這樣溫柔的貝雷特少爺……」

「謝謝。那就太好了。」

這時要是聽到她回答「之前的貝雷特少爺比較好」，我說不定會大受打擊到動彈不得。

我本來很擔心現在這麼大的轉變會不會讓她覺得噁心，看來是我想太多了。得到大大的放心之後，此時我才瞥向周遭。

其實我從剛才就有點在意了。

許多同樣穿著雷維華茲學員制服的學生們，都紛紛朝我們看了過來。而且都是對希雅投以憐憫的目光。對我則帶著一點輕蔑的感覺……

我面對這樣的狀況並沒有抱持任何疑惑。

想也知道是貝雷特平時的言行所致。因為有不好的傳聞。這就是答案。

「……唉。雖然知道是自己的錯，真希望能想辦法解決這種受到負面影響而引人注目的情形呢。對吧，希雅？」

「這……」

「哈哈哈，抱歉喔。」

不小心就提出這種壞心眼的問題了。

希雅感覺很傷腦筋地皺緊眉頭，一雙藍色眼睛向下低垂，就像蒙混過回答一樣悄悄地呼出一口氣。

要是給出肯定的回答就是失禮，若是不予以回應也是失禮。

像她這樣兩者皆非的反應，才是身為侍女的正確答案，而她的反應才會是呼出一口氣吧。她有著一張可愛的臉龐，而且真的很聰明。

（在希雅面前我真的抬不起頭來……）

即使像現在這樣負面評價滿天飛，而且過去真的用很過分的態度對待，她依然絲毫不會感到厭惡地服侍我。

像她這樣的侍女待在自己身邊真的太可惜了。

「得好好努力才行呢……各方面都是。」

「那、那個……請您別太鑽牛角尖喔。我會去跟大家說『少爺是為了我著想，才會那麼嚴格地指導』！」

「謝謝……呃，這點先等一下！」

「什麼？」

看她露出天真無邪的笑臉害我差點就要順勢同意，還好在最後一刻趕緊阻止了。

這個事實要是傳了開來，想必會比平常受到更大的注目。而且那個太牽強的藉口也會等比例地散播開來。

絕對不能被人發現貝雷特已經換成別的人格。

「要是希雅可以不主動跟別人說起這件事，我很會開心耶。」

（如果所有人都像希雅這樣不管說什麼都會相信還另當別論，可是這絕對不可能……）

什麼事都沒發生當然最好，不過要是有那種人靠近，她應該會笑出來般被輕鬆騙倒。

……唉呀，離題了。

「聽妳這樣講真的讓我很高興，可是那麼做可能會被人誤以為是我命令妳『去對大家這樣講』喔？我還是想預防萬一啦。」

雖然講得很婉轉，肯定會被人解讀成「我就是這樣命令她」。

「啊，我知道了！那麼就只有在講到這個話題時，我再向大家澄清！」

「謝謝。」

「貝雷特少爺，如果有我能幫上忙的地方，請您務必跟我說。」

「好。到時候再麻煩妳了。」

「好的！」

可能是她給人一種小動物的感覺，又或者是因為她身材嬌小卻拚命地表現出想支持的模樣，也可能是因為笑容很可愛的關係，讓我湧上一股想摸她頭的衝動。

當然我有好好自制。

（總之，往後就把重心擺在平靜地過日子吧……希望不要再散播其他負面傳聞了……大概就像這樣吧。）

經歷轉生的現在，行為舉止最好還是先以平穩度日為重。

我在內心這麼作出結論之後，又繼續走了十五分鐘。

（這、這裡真的是學校嗎……）

白色的外牆和深藍色的屋簷。我抵達就算說是城堡也毫不遜色的氣派建築物，雷維華茲學園的前方。

白色的正門廣大，高聳到得抬頭仰望才行。

以遼闊的占地面積為豪的學園周遭等距種著一棵棵樹木，不只增添華麗感的繁花，就連噴水池都有。

石板打造的走道整備得相當整齊，正門也配置了四名衛兵。

（真不愧是貴族進出的地方……豪華到讓人不禁猶豫是不是真的可以踏進去。）

從沒有住在這個世界的人看來，應該很難判斷這裡是一所學園吧。

我一邊這麼想著走進大門，走進遼闊的校地踏入校舍中。

「啊，對了、對了，今天時間也有點晚了，不用送我到教室沒關係。」

「好的！」

她的年級跟我不一樣，而且也有貴族與隨從的立場差異，因此在不同的地方上課。

「今天也各自努力學習吧。」

「是！啊，貝雷特少爺，我想確認一件事……」

「怎麼了？」

「您今天午餐要吃什麼呢？我會先去拿，並送到平常那個地方給您。」

「喔……關於這點啊，從今天開始這方面的事我都會自己處理，妳就自由地跟朋友一起度過吧。在學園裡就以享受學園生活為優先。當然，在學園以外的地方就要跟平常一樣麻煩妳了。」

「這、這樣好嗎？」

「當然好。這也算是希雅努力到現在的獎勵。」

雖然嘴上說得煞有其事，其實只是自己想這樣做而已。

被其他人討厭的貝雷特總是獨來獨往。為了消磨這樣的閒暇時間，也為了……刻意讓她忙不過來，才會這樣利用希雅。

分明只要在學生餐廳吃飯就好了，偏偏要特別指定其他地方增加她的工作量，或是有事沒事就把她叫過來找麻煩，要她重做一次之類的。

真的一天到晚都在做這些沒意義的事。

（總之得先減少希雅的工作量才行……要不然只會給她的身體帶來負擔，而且這樣下去只會增長負面傳聞……）

不要再東想西想了。

我朝希雅看去，只見她的嘴微微張著愣在原地。看來這些話對她來說真的相當衝擊吧。

「妳不是說了『得早點習慣才行』嗎……？」

「非、非常抱歉……！」

「啊，我不是真的在指責妳喔！我沒有在指責妳喔！光是妳想要儘早習慣，我真的就覺得很開心了。」

開不起玩笑也是貝雷特過去的行徑所招致的結果。雖然覺得心痛，要是連我自己都感到消沉，說不定會讓希雅感到自責。這種時候就要保持平常心。

「總之就是這樣，往後的事情也請妳拿捏一下。假如遇到緊急狀況，我還是會叫妳過來，屆時就再麻煩了。」

「請、請別這麼說！要是遇到事情，請隨時叫我過去！」

她揮舞著雙手拚命強調。光是如此，我就覺得受到不少激勵。

「哈哈哈。那麼就放學後見了。」

「好的！我會等您下課！」

雖然很捨不得，我以這句話當作最後的道別。

希雅則保持端正的姿勢，一直目送我到最後。

「好了，那就加油吧……」

既然都說了「在學園裡就以享受學園生活為優先」，這之後的時間我就不想再依賴希雅。不，我也不該依賴她吧。

儘管我作足覺悟前往教室，這股決心也在轉瞬間就產生動搖。

「……沒、沒想到會到這種地步。」

我在教室裡忍不住絕望脫口而出。

當我一進到教室時，就發現到幾件事情。

第一，本來還開心地在閒聊的同學們頓時沉默下來。

第二，任誰都不跟我對上眼。

第三，一到自己的座位就座後，四周就好像出現牆壁一樣，大家紛紛背對我隔開距離。

之所以會像這樣任誰都不願扯上關係，應該是避免被貝雷特盯上而受到欺負所作出的對策吧。

（這、這樣讓人很傷心耶……真搞不懂身為元凶的貝雷特怎麼會毫不在意……）

我無法理解這種心理狀態。

得知超乎想像的殘酷現實，不禁讓我立刻就想仰賴希雅……不過現在只能忍耐。

「看、看樣子這一天應該會很難熬吧……」

我甚至忍不住說出了自己的心聲。

＊＊＊＊

就在貝雷特獨自因為現實而大受打擊的時候——

「喂、喂喂！那邊，快看那邊！是那個艾蕾娜小姐耶。」

「拜託，你不要說那種讓人滿心期待的玩笑話好嗎？」

「不，是真的啦。你看那邊，那邊！」

「啊……」

「不要在看到人家的瞬間就迷上啊……」

在穿過學園正門的前方，有個受到眾人矚目的學生。

「嗯……今天有點晚到呢。」

看著雷維華茲學園附設的大型鐘塔低語的她，名為艾蕾娜．盧克萊爾。

她有一頭代表性的鮮紅及腰長髮。

再加上一雙銳利的紫色眼睛，纖細挺拔的鼻子，薄唇抹著淡粉色。清瘦的脖子上則戴著黑色的頸飾。

儘管艾蕾娜屬於上流貴族的伯爵家千金，卻不會因為這樣的身分就仗勢欺人，是個受到底下的人傾慕且深厚信賴的人物。

容貌亮麗又品行端正的她，今天也在眾人欽羨的目光中走向自己的教室。就在這時——

她看見摯友的身影，睜大紫色的眼睛大聲呼喊：

「哎呀，早啊，希雅。真巧呢。」

「啊！早安，艾蕾娜小姐！」

沒錯，她的摯友正是貝雷特的專屬侍女希雅。

希雅揚起笑容，快步跑向她的身邊。

侯爵家的侍女和伯爵家的千金。乍看之下兩人似乎沒有任何交集，不過在學園外舉辦的貴族活動……晚宴之類的場合中，兩人幾乎是絕對會碰面的關係。

個性單純的希雅跟不在乎身分地位的艾蕾娜很合得來，是能充分信任彼此的關係。

「今天上學比較從容呢。身體狀況還好嗎？」

「呵呵，當然很好啊。謝謝妳替我擔心。」

只是上學時間晚了一點就考慮得這麼周全，證實了希雅有多麼優秀。

「其實我是為了陪弟弟商量事情，才會在這個時間到校。」

「啊，原來是這樣啊。我也要像艾蕾娜小姐一樣這麼可靠，得更加努力……才行呢！」

「說這什麼話，妳才是每天都很可靠吧？」

「我、我還差得遠呢！」

「呵呵，我倒不這麼認為就是了。」

艾蕾娜看她拚命揮舞小手否定的模樣，優雅地伸手遮住嘴邊，被逗得笑了起來。

「跟妳聊天真的會讓人很有精神呢。得感謝妳剛好出來摘花才行。」

「唔……您、您怎麼知道……」

「因為這邊就是洗手間的方向，而且應該是妳用來擦手的手帕也從口袋裡跑出來了一點。妳會出現這種失誤還真難得呢。」

「啊……啊！」

希雅聽到這個指摘視線向下看去的瞬間，整張臉就紅了起來。

她慌慌張張地用難以想像是人類能做到的速度將手帕塞進去，湮滅證據之後接著說：

「請、請小聲一點跟我說啦！這樣不就會被男生聽到了嗎……」

「不、不好意思喔。因為實在太難得了，一個不小心就脫口而出。」

用婉轉語氣責備的希雅，跟在反省的同時，感覺好像很開心的艾蕾娜。

這樣的互動或許能夠再次看出她們的關係有多好。

「所以，希雅在想什麼呢？還是發生了什麼讓妳開心的事嗎？」

「沒、沒錯！今天早上有件非常開心的事情……！」

只見一雙藍眼睛亮了起來，希雅立刻回答。

「總覺得妳一副希望我問下去的表情呢。呵呵，妳可以跟我說是發生了什麼事嗎？」

「謝、謝謝您！」

感覺就像在照顧妹妹一樣姿勢稍微向前傾的艾蕾娜，瞇著眼睛作出聆聽的姿勢。

「就是啊、就是啊！就在今天早上，貝雷特少爺稱讚我了喔！」

「咦？」

「要我自己轉述還滿難為情的……可是他說我『很出色』之類的，還說我是他『自豪的侍女』喔！」

「…………」

「一旦回想起來還是讓人開心不已……雖然我也知道要快點轉換心情才行，還是……嘿嘿嘿。」

希雅雙手貼著臉頰，流露出極為幸福的表情。

畢竟直到昨天都從來沒被貝雷特稱讚過。一直以來他不是發飆，就是一味地斥責。

會像這樣喜上眉梢也是理所當然。另一方面，艾蕾娜就感到難以理解了。

「希、希雅？我可以再跟妳確認一次嗎？妳說貝雷特……稱讚妳了？那個貝雷特說妳是他『自豪的侍女』嗎？」

「沒錯！而且為了獎勵我這麼努力，從今天開始午餐時間也不用工作了。說要我以享受學園生活為優先。」

「這、這樣啊……那真是太好了呢。」

面對散發出幸福氣場的希雅，艾蕾娜僵著笑容勉強給出了回應。

艾蕾娜也聽過貝雷特的負面傳聞。更清楚他在學園裡要侍女到處跑腿的事情。

儘管如此，卻產生了這麼大的改變。只有令人毛骨悚然一句話可以形容。

「然後啊！其實除此之外，還有讓我很高興的事情！」

「什、什麼事呢？」

「說來慚愧，今天早上因為我的疏失，我不小心打破了貝雷特少爺很珍惜的杯子……」

「咦？那豈不是很嚴重嗎！妳沒事吧？」

打破主人的，而且還是特別喜歡的杯子這種事，是連艾蕾娜也無法袒護的疏失。

照貝雷特的個性看來，是無論祭出什麼樣的懲罰都不奇怪的事態——

「沒事！貝雷特少爺為了不讓我被碎片刮傷手指，還替我撿了起來。更說出『就當作是我自己摔破的』來袒護我！」

「什、什麼！」

「我知道這樣實在太不知分寸了，可是受到這樣的對待會讓人怦然心動呢……嘿嘿嘿。」

啊，這件事還請保密喔！」

「好、好。我知道了……」

面對雙手手指交疊在一起、語帶熱情描述的希雅，這下子真的超出艾蕾娜可以理解的範疇了。

（那傢伙……到底在想什麼啊？）

與平常的行為舉止相互矛盾。

感覺就像要交互給予恐懼與溫柔，以洗腦她一樣——

這件事讓艾蕾娜產生了不好的預感。

第二章　紅花公主

（果然還是覺得很不安……我已經想逃出去了……）

在被同學避之唯恐不及的狀況下，不斷被投以警戒般的眼神直到現在。

就在我想著這種事情，同時獨自移動到一開始上課的那間教室時——

「——欸，來坐這邊啊。你在找位子吧？」

「……」

「我在叫你啦，就是你。」

「咦？我嗎？」

「除了你沒有別人了吧？」

「也、也是……」

當我在找位子的時候，有人來向我搭話。這還是今天第一次有人找我說話。而且還對我招手。

困惑之中，突然湧上一股欣喜。

給了我這樣珍貴體驗的人，是坐在最後面座位的紅髮千金小姐——

（那個人……是艾蕾娜吧？就記憶看來，她跟貝雷特的關係不太好的樣子……）

「那是什麼有氣無力的回應啊？難道坐在我旁邊上課讓你很不滿嗎？」

「不，不是那樣，只是覺得很稀奇。」

「拜託……你也不想想自己突然改變對待希雅的態度，就連整個人的氛圍都變得不太一樣，還好意思這樣說我。」

「哈、哈哈哈。這倒是……總之，就讓我坐在妳旁邊的位子吧。」

這樣跟她打聲招呼並坐下之後，依附在她身上類似茉莉的香水味便飄了過來。

「啊，妳說我態度轉變是聽希雅講的嗎？實際上也只有希雅知道就是了。」

「天曉得呢。要是說了實話，只會惹你生氣吧？」

「不會啦。」

「哼，我才不信。所以我不告訴你。」

「那還真是可惜。」

一講到希雅的話題，她的態度感覺又更加高傲了。

艾蕾娜和希雅兩人關係很要好。因此蠻不講理地對待希雅的貝雷特，想必是她會保持警戒的對象。

（被當作危險人物固然很受傷，可是她這麼為希雅著想，還是讓人覺得很開心……）

雖然抱持這樣難以言喻的心情，還是後者的欣喜較為顯著。

「……話說啊，艾蕾娜，我有件事想問妳。」

「是什麼？」

「難不成艾蕾娜也沒朋友嗎？」

「什、什麼？」

大概是這個話題太過突然，只見她睜大她的紫色眼睛。當然，我並不是要挑釁她。

（畢竟跟她的關係不太好，這樣有點失禮的說法應該跟我們的距離感比較合才對……）

我還是有先想過不要顯得太不自然，才作出這樣的舉動。

「我本來也沒怎麼注意，只是回想起來妳也都是一個人上課。」

「你自己也一樣吧？難道你想表達我跟你是同類嗎？」

她對我露出一臉生氣的表情。大概是因為有著一張漂亮的臉蛋，讓人覺得就連這樣的表情都更顯魅力。

「不，我只是單純想不通而已。明明每天都有很多人主動找妳說話……而且妳也不像我這樣被人討厭不是嗎？」

「你這樣講應該不是在嘲諷吧？」

「當然不是啦。」

我有艾蕾娜很受人歡迎的記憶。

許多人向她求婚這件事眾所皆知，因為那頭漂亮的紅髮與美麗的容貌，人們甚至為她取了一個「紅花公主」的暱稱。

「而且就這點來說，我並沒有立場嘲諷人吧？」

「呵呵呵，這倒是呢。呵呵呵！」

「妳笑過頭了吧。」

「抱、抱歉。不過你的自嘲很有趣呢。我說不定還是第一次聽到你這樣講。」

「謝謝妳這樣誇獎……」

這句稱讚讓人完全開心不起來。

我半瞇著眼睛說著「所以是為什麼？」催促她說下去，艾蕾娜這才恢復認真的神情重回正題。

「……沒錯，無論有多少人找我攀談，我不否認能稱作朋友的對象確實很少。畢竟也有很多人會害怕『伯爵』這個爵位。話雖如此，我的朋友都是一些沒有特權的人。」

「哦？」

沒有特權，就代表不是貴族的人。

「以貴族來說很少見吧？」

「說穿了，就是沒有想跟貴族交朋友的意願。或者該說是不跟貴族交朋友吧。」

「你就只有腦袋特別靈光呢。」

她揚起的微笑就像在說我「答對了」一樣。

「我就是不跟貴族交朋友。因為這裡盡是一些違反雷維華茲學園校訓的貴族。畢竟你也是那種人，所以我不想直說就是了。」

「呃，是哪一項校訓啊？」

「既然你不知道，那麼應該會覺得更生氣吧。」

接著，艾蕾娜一臉會意過來地說：

「就是『全校學生皆是平等』。」

「哦～原來如此。」

（的確是很具挑戰性的校訓，真不愧是教育機構。）

雖然就貝雷特的記憶看來，這個校訓實在稱不上有所作用，確實是不錯的內容。

「……咦、咦？什麼『原來如此』啊？換、換句話說！不管是伯爵家的我，還是侯爵家的你，都會被視為一般學生喔！」

「簡單來講就是這樣吧。」

「……」

「……」

經過幾秒鐘的沉默，從傻眼中恢復的艾蕾娜再次開口說：

「別、別鬧了，你就老實說吧。你對此應該充滿怨言吧？既然如此就跟大家一樣表達反對啊。」

「這有必要反對嗎？」

「既、既然如此我就用討人厭的說法跟你解釋。這個校訓可是會剝奪高高在上的地位喔？這就代表一般學生也可以直接叫你『貝雷特』喔？」

「只限於校內吧？那就沒問題啊。」

「唔！」

「說到底高高在上的是我們的父母，而不是我們自己；有很多人即使地位不高，也同樣具備優秀的能力。在校園內反對這項校訓的，應該是不願承認這點的貴族吧？」

「為、為什……」

她大概是想說「為什麼你會跟我持相同意見啊！」，卻發出了怪聲。

「你、你……你這個人，不要因為想跟我交朋友，就胡扯這種言不由衷的謊言好嗎？」

「我沒有那個意思啊。照理來說，在學習的地方本來就不需要貴族與否的那種上下關係吧？那樣反而只會妨礙學習而已。」

「是、是沒錯……」

艾蕾娜的眼神出現動搖。她就像大吃一驚似的頓時語塞，然而……

「不、不對……你說這些果然是在騙我。這樣太矛盾了。」

「矛盾？」

「對啊。你明明一天到晚胡亂使喚希雅，幾乎每天中午都叫她去拿午餐，也沒有什麼特別的事情就壞心眼地把她叫過來。你明明若無其事地做著要不是有現在這樣的地位就辦不到的事情。」

「喔，這……」

（——這倒是。而且我剛才說的那些，原本的貝雷特根本就不會說吧……！我竟然自己說了讓人起疑的話……）

只顧著說出自己的想法，不小心就忘了這個大前提。

我總算能理解艾蕾娜一直覺得這麼驚訝的原因了。

（不，更重要的是我得立刻想個之前亂使喚希雅的理由……）

「……」

「看吧，你果然只是隨口說說而已。針對這樣的矛盾也答不出個所以然。反正八成是有什麼奇怪的企圖吧？」

「沒有啊……我只是在猶豫要不要告訴妳而已～」

「哦？那你說說看啊。」

「告訴妳……也沒差啦～…………」

我一邊用敷衍的回答拖延時間，拚命地絞盡腦汁。

多虧如此，我想到了一個很合理的藉口。

「咳咳，我接下來說的話，妳可要幫我保密喔。尤其不能告訴希雅。」

「我知道啦，你快說。」

「是是是。我會那樣使喚她是因為……這所學園有很多貴族就讀對吧？同時還有很多學生像希雅那樣兼具隨從的身分，因此反對『全校學生皆是平等』這個校訓的人很多。」

「不過你本來並不曉得有那項校訓吧？」

「唔，我只是裝作不知道而已。被認為是反對派比較輕鬆，所以當妳那樣說的時候，我只是作出普通的反應罷了。」

「哦～原來如此。」

（——差、差點就穿幫了！）

我不禁冒出冷汗。

「所以呢？你繼續說吧。」

「在反對校訓的人比較多的狀況下，要是打從一開始就讓希雅自由活動，只會引來貴族的反感對吧？他們不會針對我，而是認為希雅『太得意忘形』。」

「……」

「最糟糕的情況是，也有可能受到同為隨從的人嫉妒或怨恨，想說『為什麼只有妳可以這麼自由自在』。」

「這、這樣說是沒錯……」

艾蕾娜伸手抵著小巧的下頷陷入沉思。

真不愧是「紅花公主」，光是一個小動作也能美如畫。

「嗯？可是到頭來你還是讓她在學園裡自由生活了吧？這樣做根本不符合你剛才說的邏輯啊。」

「那、那是因為……我判斷『對她相當嚴苛』的印象已經廣為人知的關係。如此一來大家只會覺得『現在能重獲自由真是太好了』，而且有著被人那麼嚴苛對待的經歷再加上她的個性，往後身邊的人應該都只會更疼愛她而已吧？就算有人想對她不利，身邊的人也都會保護她。」

（真虧自己有辦法臨時想出這種藉口……是因為貝雷特本身很聰明嗎？）

自己說完都嚇了一跳。

「你、你是想這麼多才會作出之前那些舉動嗎？話說就算是為了希雅著想，肯定還有其他更好的方法才對吧？」

「我認為要讓希雅成長，最好的辦法就是由我扮黑臉。畢竟人要吃過苦才會成長。」

「是、是沒錯啦……」

我知道艾蕾娜想說什麼。她應該是覺得「至今讓希雅吃苦的做法太超乎常理了」吧。而且「應該也有比較合理的吃苦方式」。

說真的，這個大概才是事實吧。

正因為我無從反駁，才會給出極端的回答。

「我覺得這就是身為主人該扛起的責任，而且實際上也有在那樣嚴苛的對待下才能學會的事情。」

「……這點我並不否認。希雅能表現得這麼出色，確實是多虧你這麼嚴苛，可是我不認為這是值得嘉獎的行為。你為了讓她在短時間內成長，才會這麼嚴苛吧？既然如此，你怎麼不採取拉長時間讓她慢慢成長的方針就好了？」

「……也、也是。我確實覺得對希雅很過意不去。」

艾蕾娜相信這個說法了，然而這些全都是我隨口胡扯的。這讓我湧上滿心的罪惡感。

貝雷特只不過是在欺負希雅而已。我只是把希雅在那樣的狀況下依然拚命作出的努力稱作「成長」而已。

「你知道就好。接下來應該就會好好對待她了吧？」

「嗯。因為我確定她往後無論去服侍哪個貴族都一定會做得很好了。」

「這個判斷未免下得太遲了。」

「或許是啦……」

雖然要將貝雷特的行徑正當化讓我感到於心不安，畢竟抱持著複雜的理由，我也只能這麼做了。

「算了，既然你會好好對待她，我也沒什麼好生氣的了。不過，要是希雅真的做了什麼壞事，你還是要好好責備她喔？寵溺跟溫柔以待是截然不同的兩碼子事。」

「希雅才不會做什麼壞事呢。」

「既、既然你這樣想，像之前那樣嚴苛地對待她，豈不是覺得更難受嗎？」

「（要接受貝雷特的所作所為實在是）很難受。」

「……唉。笨拙的人還真可憐。早知如此，稍微找我商量一下也好啊。」

她嘆了一口氣，朝我投來憐憫的眼神。

「你就是硬要做那種有違本性的事、那麼嚴苛地對待希雅，才會弄得負面傳聞滿天飛。

聽了你剛才說的話，我都能想像你被人誇大一些有的沒的還到處散播的狀況了。」

「是、是嗎？我不太清楚。」

「怎麼回事，這個回答還真不乾脆耶。」

（因為貝雷特確實很自負……）

這種鬱悶的感覺只能留在心裡。

「反、反正事情就是這樣，以後也要請妳多關照希雅了。」

「我可不會答應你這種事喔。因為我絲毫沒有基於義務才跟她當朋友的念頭。」

「這句話說得真帥氣。」

「呵呵，事實就是如此啊。」

這段漫長的辯解總算結束。還好成功讓她接受了我的說詞。

跟艾蕾娜的關係沒有因此惡化，也讓我放心起來。

「……呼。不過話說回來，真是嚇了我一跳。沒想到你竟然站在我這邊。」

「妳是指肯定校訓的事情嗎？」

「對啊。如果跟別人講這件事，對方肯定是驚訝到下頜都要掉下來的反應。」

「哦，那還真是一件好事。」

艾蕾娜碰觸戴在脖子上的頸飾咯咯笑，我也開玩笑似的笑著回應。

「啊，話說我現在才想到，妳為什麼也持肯定態度呢？妳的地位明明就很高。」

「事到如今才問嗎？」

「對、對啊，突然有點在意。」

也是啦，當然會這樣吐槽了——我面帶苦笑這麼回應之後，她稍微對我說明了一下。

「沒有什麼特別的深意。貴族才更是應當貼近庶民的感受——只要這樣講，自尊心高的貴族就會生氣，然而要不是有庶民的支持，我們也沒辦法當貴族吧？」

「哦……這倒是。」

「另外就是我個人的理由。我希望……如果可以跟更多人交朋友就好了。為此也沒必要差別待遇。」

「哈哈，這樣啊。這個理由還真有艾蕾娜的風格。」

「欸、欸，不用笑成這樣吧……」

「抱歉、抱歉。不過這樣我就懂了。」

就在我們剛好聊到一個段落時——

應該在等待學園的鐘聲「咚——」地響徹四下，在走廊上待命的老師進到教室來。

「那、那個，貝雷特……？」

當老師在確認學生的出席狀況時，艾蕾娜感覺怯生生的聲音傳了過來。

「謝、謝謝你……這讓我覺得有點……真的只是有點開心。」

「嗯？什麼事讓妳感到開心？」

「就是校訓的事……因為我以為所有貴族都持反對意見……」

「這沒什麼好道謝的啦。而且我只是說了理所當然的話。」

「唔，也是呢……謝謝……」

「不客氣？」

她對校訓應該有某種自己的想法吧，我總覺得在這段時間內跟艾蕾娜的關係變得要好了一點。

「呼，總算結束了……」

隨著時間流逝，第四堂課也結束了。

接著迎來的是包含午餐的午休時間。

「你的專注力……真的很不得了呢。其他人看你這麼認真上課也都嚇到了。」

「對啊，要是妨礙到上課，感覺就會被某人拿筆刺傷嘛。」

為了不讓她起疑，我姑且用玩笑話蒙混過去。

既然現在貝雷特已經換成別的人格，就不會在上課的時候給人帶來困擾。不，說真的應該是辦不到。

「哦～不知道是不是我多想了，但是你那句『感覺會被人拿筆刺傷』，聽起來好像是在指我耶。」

「我沒有那個意思喔～」

「哦，是這樣嗎？對不起，是我誤會了。不過關於這點你大可放心。再怎麼說也不會有人去攻擊惡魔嘛。」

「誰是惡魔啊。」

「呵呵，誰教你先說了那種沒禮貌的話。」

「妳要這樣講是沒錯啦。」

自從我表示認同雷維華茲學園「所有學生皆是平等」的校訓之後，我跟艾蕾娜之間的距離便隨著時間越來越靠近。

在那之後的每堂課她甚至都會找我坐在隔壁。

還有在我認真寫筆記的時候，惡作劇地湊過來畫些儘管拙劣卻有些可愛的圖畫。

「竟然說『這樣講是沒錯』，剛才那句話果然就是在指我嘛。小心我真的拿筆刺你。」

她轉瞬間就將還拿在手上的筆改換到另一隻手，用那像是鋼筆一樣尖銳的前端指著我。

「真的很抱歉。」

──我帶著玩笑的感覺舉起雙手這樣對她示意投降之後，她一副就像在說「知道就好」的樣子笑了笑。

「話說啊，我有件事想問你。」

「什麼事？」

「你今天午餐要怎麼解決？你不再仰賴希雅了對吧？」

「喔喔，我就隨便吃吃啦。」

「隨便吃吃？」

「隨便吃吃就是隨便吃吃。」

我無法對她坦言「其實我打算就不吃午餐了」。

不吃午餐的原因只有一個。

（平常就被其他人避而遠之了，我的心靈可沒有堅強到在這樣的狀況下還跑去人群聚集的地方……）

我都能想像在我抵達學生餐廳的瞬間，大家就會做鳥獸散一般紛紛離開的不祥光景。

說不定那只是我想得太誇張了，然而光是十分有可能會變成那樣，那裡就不是可以隨意踏入的地方。

「如果一開始就想得這麼周全，就算只有午餐拜託希雅也好……」這樣的吐槽確實很有道理，由於至今都對她那麼過分，我實在不想這麼做。

畢竟多了一點自由時間，我還是希望她能跟朋友一起開心地共度。

「你該不會不知道該怎麼去學生餐廳吃飯吧？因為之前都只會依賴希雅。」

「再怎麼說都知道好嗎？只要看菜單點餐就好。」

「唉呀，那你這樣打馬虎眼，到底想蒙混什麼事呢？」

艾蕾娜皺起眉頭「嗯～」地思考了幾秒鐘之後，猛然抬起頭來說。

「貝雷特，還是你就跟我們一起吃飯吧？」

「咦？」

「我今天預定要跟希雅一起吃飯。如果是跟我還有希雅一起，你應該也不用顧慮這麼多對吧？」

跟她們一起吃飯確實不用顧慮太多。即使如此我還是搖了搖頭。

「妳這樣約我很令人感激，不過還是算了。才剛對希雅說『妳可以自由度過』，我也一起吃飯的話，不但會害她嚇一跳，想必也會對我有所顧慮。」

「可是她也會很開心喔？」

「什麼？」

「不會嗎？」

「不會吧？」

艾蕾娜愣愣地睜大雙眼。她似乎不是在開玩笑，而是真的無法理解的樣子。

「我不太想自己這樣講，但是我真的不知道她怎麼會感到開心。」

「——噗。」

突然，她大概在強忍笑意，雙頰跟氣球一樣鼓了起來。

「不是啊，跟她很要好的艾蕾娜就算了，我真的不知道我也一起吃飯有什麼好開心。有我在場感覺應該很討厭吧？」

「噗！呵呵呵。拜託你不要用那樣一本正經的表情自嘲好嗎？」

「妳也笑得太誇張了。這樣讓我很受傷耶。」

「抱、抱歉，我是真心的。」

總覺得早上也有過這樣的互動。

即使戳中了笑點，還是能笑得很優雅，應該都是多虧了良好的家教吧。我不知道自己能不能辦得到。

「咳、咳咳，我不要緊啦。」

「這樣啊。」

儘管清了清嗓子讓自己冷靜下來，也恢復了一本正經的表情，不過這樣大笑了一場，讓她那張沒有曬黑的臉蛋泛起了緋紅。

「雖然這是我個人的意見，如果是面對現在的你，希雅應該會覺得很開心。畢竟今天早上她也是滿懷欣喜地跟我說了有關你的事情。」

「哦？即使如此，肯定還是會害她有所顧慮吧？既然讓她自由地活動，我就希望她可以過得自在一點。」

「……」

這個想法就是一切。

「你這個人……果然很奇怪耶。啊！難道你發現希雅有多可愛，所以喜歡上她了嗎？」

「比起喜歡，我更尊敬她喔。」

「尊、尊敬？」

「嗯。因為她很厲害啊。年紀分明比我小，每天還是一大早就起床，做好各方面的準備；無論被怎麼找碴都不會擺爛，會盡心盡力地完成；而且還能兼顧自己的學業。就算那是自己的工作，我想必也辦不到。」

「…………」

「呃，艾蕾娜？妳能不能別對我露出那種好像看到怪物一樣的表情？」

「對、對不起……雖然這樣講很奇怪，總覺得貝雷特一時間好像不是貝雷特一樣。」

「要去診所看一下嗎？我可以陪妳去喔。」

「想、想也知道是一種比喻吧？拜託你別當真。」

「是是是。」

（好、好險。她突然就直搗核心，對心臟很不好耶……）

雖然現在輕鬆回避掉了，我覺得就像折壽了十年。

「……好吧。既然你心意已決，那就沒辦法了呢。」

「嗯。妳們兩個去好好享受一下吧。」

「當然，想必會是一頓很開心的午餐。」

「妳還真有自信耶。」

我隨口這麼回應，沒想到就說錯話了。

「那還用說。我可是打算將你剛才說很尊敬希雅的那番話，鉅細靡遺地轉告給她。」

「……嗯？等等，那可不行。」

「呵呵，很遺憾，我沒道理要聽從你的命令。」

她樂得這麼說，還真是一副快活的笑容，而且就像在說「活該」一樣對我吐出粉紅色的舌頭。

「好啦，那我先走嘍。真期待希雅的反應呢。」

「啊！」

艾蕾娜不等我作出回應，就踏著輕快的步伐離開教室。

「唉……希望她不要把那番話當真，可是希雅想必會當真吧……絕對會。要是她以後對我的態度不會變得疏遠就好了……」

被她得知這件事不成問題。我擔心的是她會因此跟我抱持距離。

（算了，擔心這種事也沒用……好，我去圖書館消磨時間好了……這種時段應該幾乎沒有人會去那邊。）

我很快就轉換心情，動身找個沒什麼人的地方。

第三章　書蟲才女

「天、天啊，太猛了。這是怎樣……」

跟艾蕾娜道別之後，獨自前往圖書館的我，看到眼前的光景只能愣在原地。

天花板大概有三層樓高，放眼望去全是自然光的照明，還有散發光澤而襯托出其美麗的地板。

一樓跟二樓的書櫃都塞著滿滿的書籍，也備有可以閱讀的寬敞空間，音樂盒還流洩出沉著的樂音。

「這就是學園的圖書館啊……」

不知道是不是學園的相關人士中有特別愛書的人，總之這裡是個一眼就能看出是精心打造出來的場所。

真不愧是有眾多貴族就讀的學園。

（竟然能在這樣的地方看書……真是令人雀躍。）

放眼望去，沒有任何學生來到圖書館這裡。

午餐時間真是太偉大了。竟然能如同包場一樣獨占這麼豪華的地方。

「唉，既然都沒有人來，感覺也不必打開照明跟音樂盒……」

節省的精神稍稍萌芽，不過我還是就此懷著遊覽的心情從一樓開始逛起書櫃。

目光所及全是內容艱深的分類。

思想、自傳、宗教、通俗以及騎士道等。

「學生真的會看這種書嗎？厚到就像一本本鈍器似的……呃，文學類是在二樓嗎？」

之所以不曉得哪個分類的書放在哪裡，是因為貝雷特以前從未來過圖書館。

然而我一點也不覺得這會帶來不便。反而覺得可以抱持新鮮的心情到處看看很幸運。

（那麼就上二樓吧。）

我為了尋找娛樂類型的書而步上階梯。

「文學、文學……文學放在哪裡啊……」

整座圖書館沒有其他人在。因為我這麼想，目光都專注在書櫃上，才會一時沒注意到要看向前方。

不過我打從一開始就搞錯了。

就在看完一整排書櫃，來到靠近轉角的那個瞬間，就突然從眼前衝了出來。

那是個將一頭薄青色的頭髮在側邊綁成一束馬尾，有著一雙看起來睡眼惺忪的金色眼睛，雙手還抱著疊了好幾本書籍的女生——

「啊？」

她就像幽靈一樣無聲無息地現身，脫口發出毫無氣力的聲音。當我想盡辦法要閃躲開來的時候已經太遲了。

「嗯！」

「唔！」

身體竄過一道衝擊。

那個女生大概把注意力都放在書籍上，沒有發現到我就這麼撞了上來。

我先是聽到一聲細微的低吟。接著她手中的書就伴隨著聲響一本本掉到地上。

彼此的速度都沒有很快，事先知道「會撞上」與沒注意到的狀況下撞上，兩種情況作出的應對完全不一樣。

毫無抵抗的瘦弱女生，就像彈開的氣球一樣被撞飛出去，一屁股跌坐在地。

「對、對不起！真的很抱歉！妳沒事吧？」

「唔……嗯、嗯。我沒事。是我沒注意到，不好意思。」

撞過來的女生像是在忍著疼痛一樣，閉著一隻眼睛對我低頭致歉。

她似乎覺得是自己單方面沒注意到，但是我也沒有在看周遭的狀況。

「不，我也沒注意到啊。真的很抱……！」

我接著女生的話要向她道歉……然而一句「抱歉」都沒能說到最後。

因為眼前太過衝擊的光景，讓我不禁倒抽了一口氣。

跌坐在地的女生，裙子整個掀了起來，就連內褲都隔著黑色絲襪露了出來。

（……！）

我回過神來，趕緊撇開視線……然而視線這種東西很容易就會被發現。

「……那個，趁著意外偷看內褲不太好喔，貝雷特・賽托佛德。」

「真、真的很抱歉……這只是偶然……」

「下次請你注意一下。」

平板又無機質的聲音。面無表情拉下裙子的女生，開始細心地撿起掉落的書籍。

令人費解的是，完全感受不到她因為被人看到內褲而感到難為情的心情。

「啊，我也來幫忙撿……話說妳為什麼會知道我的名字？」

掉在地上的是四本愛情小說。我撿起那個女生還沒撿起來的另外兩本，在交給她的同時提問。

即使回顧貝雷特的記憶，也沒有跟這個女生相關的情報。換句話說，這是我跟她第一次見面。

「謝謝你幫我撿起來。至於那個問題的回答，難道不是因為你很出名嗎？」

「哈、哈哈哈……原來如此……」

看來對在校生來說，「負面傳聞」可說是人盡皆知。

一副睡眼惺忪的女生，臉上的表情真的沒有任何變化。說話的語調也沒有改變，是那種難以捉摸的類型。

「……呃，妳的身體還好嗎？有沒有哪裡撞到很痛？」

「屁股確實有點痛，不過沒關係。」

看著她就像要證明這句話一樣站起身的樣子，我也跟著站了起來。

「更重要的是，我有事想問你，貝雷特‧賽托佛德。」

「什、什麼事？」

我直接面對現在也看不出情感的她。

「此時此刻是午餐時間，你究竟是為了什麼目的而造訪這裡呢？就我所知，你應該是第一次踏入圖書館。」

「呃，我是來看書的啊。」

「挑在這個時間前來嗎？」

「嗯。」

我一給出這個回應，那雙金色眼睛就瞇了起來。第一次從這個女生身上讀到的情感，是「懷疑」。

「不好意思，對此我無法相信。如果是常來圖書館的人就算了，你是第一次前來。而且還有著不好的傳聞。」

「是、是沒錯……」

「這樣的你在沒人會來的時段前來，難道不是想趁機拿書籍惡搞洩憤嗎？」

（不但很有道理，我也能理解她會這麼想的心情……）

我絲毫不打算把侯爵家的名號搬出來，但是面對被周遭的人避而遠之且戒慎恐懼的自己，真虧她敢堂而皇之地說出來，真的很有膽識。

——說真的，她這麼對我說，讓我感到很開心。因為這樣又讓我遇到一位會跟我平等相待的對象了。

「從我跟你互動的情形來說，確實不覺得你是個會有那些負面傳聞的人……然而，如果你想在這裡惡作劇，我可不會原諒你。書籍是將代代傳承下來的智慧、歷史、思想與思維全都集結在一起的貴重物品，是應該要好好珍惜的東西。」

講起長篇大論的女生，手上抱著被分類為虛構故事的愛情小說這麼說。

嘴上說著生硬的話，以及應該是她接下來準備要看的書之間的反差，不禁讓我覺得既可愛又有趣。

「我沒有要惡作劇啦，真的。我只是想來開心地看看書而已。」

「這種話說得簡單。」

她很乾脆地斷言，並且接著說：

「所以，直到你離開圖書館之前，都要在我旁邊看書。雖然我沒有這樣的權限……應該沒問題吧，貝雷特．賽托佛德？」

「如果這樣就能讓我來這裡看書，當然可以。謝謝。」

她應該最喜歡書了吧。

有個負面傳聞不斷的男子踏入放著滿滿最喜歡的事物的空間裡，任誰都會保持警戒。

「我沒做什麼值得讓你道謝的事。反而盡是對你說一些很沒禮貌的話。」

「既然我在校內有那些負面傳聞，那也是無可厚非吧。所以有錯的人不但是我，妳也只是做了理所當然的事。」

「……」

「嗯？」

面對突如其來的沉默，我費解地歪著頭等待她的回應。

「……貝雷特．賽托佛德，你真的是個壞人嗎？」

「咦？哈哈哈！妳竟然對當事人這樣問嗎？我姑且覺得自己偏向好人就是了。」

「這樣啊。」

她的語氣依然平板且面無表情。完全搞不懂她怎麼想，才會有說出「這樣啊」的反應。

「那麼就一起去找你要看的書吧。我能掛保證推薦給你的，是哲學跟愛情小說這兩種類型的書喔。」

這個女生的語氣聽起來就像希望我看她推薦的書。哲學類是有點艱難，不過愛情小說的話自己也能看得很開心。

「那麼……妳能帶我去放著愛情小說的書櫃嗎？」

「真的要選這個嗎？你自己應該就經歷過很多戀愛體驗，所以我以為你會選哲學類。」

「不管有沒有這方面的體驗都還是很有趣啊。」

「這樣啊。那麼請你跟我來。」

「嗯、嗯。」

就這樣，我在一個連名字都還不知道，而且散發出神祕氛圍的女生帶領下，順利地找到想看的書籍。

後來，就當我在圖書館設置的單人座椅上剛開始看書不久時——

「你覺得有趣嗎，貝雷特・賽托佛德？」

「咦？」

「我推薦給你的那本書。」

隔著小小的桌子，在我對面看書的她詢問我。

「是啊。雖然只看到故事的開端，因此還很難斷定，感覺還不錯。」

「這樣啊。」

現在看的這個故事，以身分差距為題材。

「如果覺得不適合自己，請別顧慮儘管告訴我。因為這裡還有很多書可以看。」

「嗯，謝謝妳。」

「我沒做什麼值得你道謝的事。」

她的目光一直放在自己雙手拿著的書上。

感覺昏昏欲睡的金色眼睛隨著直排的文字一行行看過去，她很靈活地可以同時看書並與人對話。

「那個，我問妳一件事，平常就很少有人會在這個時段來圖書館嗎？」

「頂多就是圖書館管理員偶爾會來，這個時段通常沒什麼人。因為圖書館禁止飲食。」

「原來如此……」

這下子得到了相當貴重的情報。因為讓我找到一個可以避開人群，也能消磨時間的最佳場所了。

「話說回來，原來除了我以外也有比起食慾，反而以看書為優先的怪人呢。」

「哈哈，這就是妳誤會了。比起看書，我會選擇食慾。」

「真要說起來確實如此。假如你是跟我一樣的怪人，早就每天都會碰到面了才是。」

（對我這個有負面傳聞的人說是怪人……這個女生果然很有膽識。）

大概是因為在我上學途中，身旁的人都會投來輕蔑的眼神，在走廊上跟教室裡也都被避而遠之，能有人像這樣自在地跟我相處，果然還是會覺得很開心。

她應該也是把「全校學生皆是平等」的校訓放在心上的人吧。

「妳說『應該每天都會碰到面』，原來妳每天都會來圖書館啊？」

「因為我上學時都只要來圖書館就好。」

「咦，還可以這樣嗎？」

「是的。我有通過考試，能被視為特例。」

「哦～那還真是厲害。」

她說得好像很簡單，然而要是沒能在考試中得到高分，應該不可能被視為特例。

看她一邊讀愛情小說一邊這麼回答的樣子有點令人難以置信，不過從會推薦人看哲學書籍這點看來，她應該相當聰明吧。

「那麼，貝雷特．賽托佛德，我也可以問你一個問題嗎？」

「當然可以啊。妳要問我什麼？」

「我需要自我介紹嗎？因為你從剛才開始就一直用『妳』來稱呼我。」

「啊，對耶。如果妳能向我自我介紹一下就好了。」

「沒關係。畢竟我身分也很低微，從來沒有出席過貴族會參加的那種晚宴。」

說真的，我很希望她能做個自我介紹，卻遲遲難以開啟這個話題。

我很感激地接受她主動這麼說的提議之後，她就闔上書籍投來那雙感覺昏昏欲睡的眼睛向我打招呼。

「我的名字叫做露娜．潘連梅爾，是男爵家的三女，就讀二年級。」

「謝謝妳有禮的招呼。露娜……是吧。我記住了。我需要自我介紹一下嗎？」

「不用了。我知道你這個人。」

「這樣啊。」

「對。」

露娜點點頭之後，立刻就繼續看起書來。

她散發出的氛圍在在都讓我覺得應該是貴族出身，果然被我料中了。

「……」

「……」

聽完她的自我介紹之後，我也將注意力放回書本上。

雖然是一段相當安靜的時間，卻不會覺得尷尬。

當我們不知不覺完全投入書中世界，就這麼看書看了幾十分鐘的時候——

「……雖然都事到如今了，我決定相信你，貝雷特・賽托佛德。」

「咦？有什麼值得妳相信的要素嗎？」

她面無表情地突然開口說：

「人們都這樣談論你對吧。說你『仗恃著侯爵家的權威，對身分低微的對象擺出攻擊性的態度』。」

「是、是沒錯……」

「不過事實跟那個傳聞並不吻合。就算我坦言自己出身自貴族當中身分最低微的男爵家，你的態度依然沒有改變。即使我把你稱作『怪人』，你也沒有翻舊帳。光是如此就足以構成相信你的理由了。」

面對只能苦笑以對的我，露娜用凜然的態度說。

「原來妳打從一開始就在試探我啊。」

「我也不喜歡一直懷疑一個人。剛才對你說了失禮的話，對不起。我向你道歉。」

「不不不，妳別放在心上。妳光是願意相信我就很開心了。而且相處時不要太拘謹，我反倒比較高興。」

「聽你這麼說真是幫了大忙。」

她的表情還是那樣一本正經，但是我覺得能把話說開，彼此間的距離應該也稍微拉近了一點。

「欸，露娜。」

現在正是向她提出要求的大好時機吧。

問她：「我明天也可以在這個時間來圖書館嗎？」

可是這個主意被自己的肚子給背叛了。

——咕嚕嚕嚕。

可能是聽她說願意相信我就頓時鬆懈下來了吧，我的肚子在這個難以置信的時間點叫了起來。

在圖書館這個安靜的空間裡，肯定也會傳入對方耳中。

「哈、哈哈……真的很抱歉。」

「真是響亮呢。」

「是、是嗎……？哈哈哈……」

面無表情跟平板的語調說出冷靜的吐槽，讓我感到很難為情。

「你肚子餓了啊？現在這個時間，我覺得要去學生餐廳有點太遲了。」

「我本來就打算不吃午餐，所以沒關係。而且也沒有想要去。」

「明明有食慾卻不吃嗎？」

「也是有很多原因啦。」

「一言難盡是吧。」

就算在這件事情上找些奇怪的藉口也沒意義吧。

朝我看過來的露娜點了點頭，然後就闔上剛才在看的書，從椅子上站了起來。

「我知道了。既然如此，你就拿我的午餐去吃吧。因為我平常都是自己帶便當。」

「那也太過意不去了。更何況這樣妳就沒得吃了。」

「別擔心。為了可以在學校留到放學的最後一刻，我都會自己帶午餐跟晚餐。我今天不打算留到那麼晚，所以終究會多出一個便當。」

「……」

雖然很難看穿表情跟聲音都沒什麼變化的她所說的謊言，我還是知道「沒打算留到那麼晚」這句話是騙人的。

畢竟要是沒有那個打算，打從一開始就沒必要帶晚餐出門。

人就算沒吃午餐也不會死。儘管我想婉拒她的心情比較強烈，露娜選擇了卑鄙的——

不，應該說是聰明的說詞。

「看到別人遇上困難卻不伸手幫忙，會有損男爵家的名聲。還是說你貴為侯爵家子嗣，嫌我自己帶來的便當骯髒而無法就口呢？」

「才、才沒有那回事！」

「那就這麼說定了。」

用阻斷後路來說服我，她的腦筋真的轉得很快。

這個瞬間我切身體認到她被視為特例的原因了。

「真的很謝謝妳，露娜。」

「不客氣。那就請你跟我來吧。在管理員辦公室就能飲食了。」

「不過我也可以進去管理員辦公室嗎？被視為特例的只有露娜而已吧？」

「好像只要有我跟著就沒什麼問題。可是請別觸碰放在裡面的東西。因為那裡也有很多整理好的文件。」

「我、我知道了。」

我聽懂她的意思了。假如管理員辦公室裡發生什麼問題，責任就會落在露娜身上。

肯讓我這個只有負面傳聞的人踏入那樣的地方，就代表那句「我願意相信你」是她的真心話吧。

（下次得好好答謝她才行……）

露娜這麼做都不是理所當然，換成是自己想必會有所遲疑。畢竟在管理員辦公室裡要是引發什麼問題，有可能會導致自己特例的待遇遭到取消。

「貝雷特．賽托佛德，請小心階梯。」

「哈哈哈，露娜也要小心點。」

於是在她的引領下來到一樓，穿過櫃檯、打開門鎖後一起進到管理員辦公室。

這裡本來是學生不會踏足的地方，室內的擺設極為簡樸。

裡頭有一張長方形的桌子和沙發，大型的置物架和壺裡插著各種鮮花，然後到處都堆滿了大量的資料。

（簡直就是只為了工作而設置的房間……）

我只是觀察而沒有觸碰四周的東西，露娜從手織的包包裡將蓋著蓋子的紙盒遞給我。

「我可以打開嗎？」

「可以啊。不過沒有什麼厲害的菜色就是了。」

得到許可之後，我打開一看——裡面放著一個個精心塞滿各色食材的三明治。

「哇啊，好厲害……咦，這真的可以給我吃嗎？」
「這也不是會讓人這麼驚訝的東西。既然都進來了，那我也來吃午餐吧。」
「真的很抱歉耶。讓妳顧慮這麼多。」
我能明確感受到她傳達出「一起吃的話，你也能吃得比較輕鬆」的心意。
雖然看不太出來她的情緒起伏，她真的有一顆體貼的心。
「不會。畢竟我說了失禮的話，請你當作賠禮收下。」
「那可不行。我一定會好好答謝妳。」
「這樣啊。那我拭目以待了。」
「謝謝。」
「…………你真的是個很不可思議的人耶。」
「咦？」
「沒什麼。」
總覺得好像聽到會讓人想吐槽「露娜沒資格這樣說吧」的話，但是應該是我的錯覺吧。
順帶一提，三明治真的很好吃。
好吃到甚至讓我不安地產生「真的可以收下這樣的東西嗎……？」這種想法。

在那之後——

結束充實的午休時間和下午的課程之後，我跟希雅一起回家。正當我在大廳處理學園給的作業時。

「希雅～？妳又同時伸出右手跟右腳了喔。那樣應該很難走路吧？」

「啊！非、非非非常抱歉！」

我對著正在工作的她，點出一輩子都不知道有沒有指謫過一次的事。

（唉……那個時候……我果然應該要盡全力阻止艾蕾娜才對。）

都不知道這是第幾次對此感到懊悔了。每當我感到後悔時，都會回想起她說的話。

『貝雷特，我把你尊敬希雅的事情鉅細靡遺地跟她說了喔。希雅也真是的，開心到整張臉都紅了呢。』

『就算放學後覺得她看起來不太對勁，也別太介意喔。』

『真不曉得她今天能不能好好睡上一覺……看她高興成那樣，何況她是回想起來就會忍不住一直竊笑的類型呢。』

這麼說著，以及艾蕾娜當時暗自竊笑的表情。

放學之後，我跟希雅一起踏上歸途，不過她從那時開始就不太對勁。

時而坐立難安，時而又表現得很生硬，不但會時不時偷瞄過來，還會愣愣地凝視著我。

「反、反正也不是什麼壞事，妳要這樣走路也沒關係啦……不過要小心別跌倒了。」

「好、好的！」

「還有打掃的時候就專心打掃，不要一邊看著我一邊做事。」

「唔！」

當我這麼提醒，她那雙水汪汪的大眼就睜得更大了。還驚嚇到連綁著小辮子的黃白色頭髮都跟著大幅度地抖了一下。

（咦？真、真的假的？難道她覺得那樣沒被我發現嗎……來到眼前打掃還一邊看著我，再怎麼樣都會發現喔？）

應該是自己之前都沒有作出什麼反應，她才會以為我沒發現吧。

「真、真的很對不起！那、那個……我、我並不是想打擾貝雷特少爺念書……！」

「冷靜點、冷靜點。我知道妳不是那個意思。」

侍女要是做出那種事，馬上就會被開除。正因為如此，希雅才會避免被我誤會而拚命解釋，但是我明白以她的個性來說不會做出妨礙那種事。

——而且我也知道希雅會變得這麼不對勁的原因。

（看她沒有恢復原樣的跡象，這下得想些辦法才行……）

察覺到這點，我停下寫作業的手，打算靠對話恢復彼此之間的距離感。

「話說啊，希雅，不好意思，在妳打掃的時候打擾一下。」

「什、什麼事！」

「妳都是什麼時候寫學園出的作業呢？作業分量很多對吧？」

雖然是個突如其來的話題，畢竟自己也正在寫作業，我自然而然地融入對話中。

「啊，這個嘛，就是……我就讀的是侍女的班級，作業量不會像貝雷特少爺那麼多。」

「這是為什麼？」

「因為隨從最該優先的並非自己的學業，而是協助主人的工作。」

「喔喔，原來是這樣……」

如果以學業為優先而無法好好顧及工作，或是影響到工作表現，那就本末倒置了。

應該是為了避免這種事情發生，作業量才會安排得比其他班級還要少吧。

這正是即使是學生，也並非「以學業為優先」的罕見例子。

「但是啊，就算作業量沒有那麼多，還是有作業吧？我有點在意妳都在哪裡寫完那些作業。因為我從來沒看過妳在寫作業的樣子。」

「我、我基本上會儘量在學園裡寫完作業；要是做不完，就等到貝雷特少爺就寢之後再處理……」

「咦？就寢指的不是我回到房間的時間點，而是我睡著之後的意思嗎？」

「您說得沒錯。」

對於我這樣的確認，她輕輕點了點頭。

「呃，為什麼要特地等到我睡著呢？那樣在各方面都會很不方便吧？」

「就、就算您這樣說……這就是侍女理所當然的工作。」

「妳說理所當然……」

（貝雷特的記憶中沒有這件事，代表他真的絲毫不在乎希雅的生活吧……不但比我晚睡，而且比我還要早起，她明明就過得這麼辛苦……）

比我小兩歲，一個十六歲的女生在做這種事情，真的只能說她太厲害了。

「也就是說，只有在我睡著之後，才是希雅的自由時間嗎？」

「是的。只要沒有什麼特別狀況，我就是過著這樣的生活。」

「這樣啊……」

這應該是為了可以給自己服侍的對象提供最大限度的協助吧。

說起來確實合理，也是很出色的想法。儘管以這個世界來說很理所當然，看在轉生過來的自己眼中卻是非常無法理解的事情。

「那麼，有兩個原則從今天開始改變。」

「改、改變……嗎？」

「嗯。首先，如果作業在學園裡寫不完，就要比侍女的工作更優先完成。」

「咦！」

「然後當我最後回到房間時，就算是自由時間了。不必等到我睡著，可以隨妳去做自己想做的事。」

老實說，我很想告訴她「不用每天工作」，不過那樣會害她失去侍女的立場。這樣應該算是一個妥協點吧。

「那、那個……您現在這樣說的意思就是，比起協助貝雷特少爺，要以我的學業為優先……喔？而且服侍您的時間也會跟著減少。」

「沒關係。」

「……」

「啊！但是這可不是我不需要希雅的意思喔。」

為了避免引來誤會，我先解釋這個前提。

「我只是覺得，既然是學生就要以學業為優先，希望能為了妳自己的將來培養實力。畢竟隨從當中也是有人甚至無法到學園就讀，因此更希望妳可以把握這個機會。何況希雅在工作方面已經成長為一個出色的侍女了嘛。」

「貝雷特少爺……」

正因為她一直在幫助我，才更希望她也能好好珍惜自己。

我的這番心意似乎傳達出去了。

「不過……這個方針會使得工作時間減少，說不定也會造成某些影響……到時候就跟感冒時一樣，隔天再稍微補救一下就好。事到如今才這樣講也很奇怪，總之當希雅還在念書時，拜託妳就這麼做吧。不對，這是命令喔。」

「遵、遵命！」

如果沒有說是「命令」，希雅應該會有所抗拒吧。就算這樣做確實比較好，就她的立場來說應該很難乖乖服從。我自己都覺得這個說法改得真好。

「那就這麼辦吧。一時之間可能會覺得不太適應，可是這點就請妳多見諒了。」

「別、別這麼說……！竟然替我這種人著想這麼多，真的非常謝謝您！」

「嗯～我所尊敬的希雅自己說出『我這種人』感覺不太對吧？」

「唔！啊，謝……謝謝貝雷特燒爺！嗚嗚……」

「哈哈哈！」

大概是心情太激昂了，希雅大大地吃了一個螺絲。

抬起頭來的她，一張臉漲紅到好像要噴出火一樣。

「啊，對了、對了。我想先問一下，妳今天還有作業沒完成嗎？」

「不！今天的作業我全部都在學園做完了！」

「哦！」

「……啊。」

「『啊』？」

她帶著滿臉笑容自信滿滿地回答，我也作出「了不起！」的回應，然而——我聽到了。

恐怕是突然想到還有追加的作業，而輕聲發出的一道「啊」。

「沒、沒有任何問題！我確實都做完作業了！」

「……」

可以看到她感到焦急的神情，眼神也四處游移。看這反應肯定是說謊了。

（才剛說出「全做完了！」而已，應該很難改口說「其實還有」吧……）

雖然我十分能理解這種心情，如此一來剛才說的那些就沒意義了。

「我再問妳一次，今天的作業完成了嗎？如果這次說謊，就要做五百下伏地挺身跟五百下仰臥起坐喔。」

「五、五百下……」

「總共一千下。」

「一千下……嗎？」

這時希雅的視線往上看去露出思索的表情，不過看著看著就漸漸充滿苦澀。

（沒錯……她這樣絕對是在思考。思考即使說謊了也能達成的次數……希雅為什麼這麼好懂呢……話說以希雅的身體來說，一千下絕對不可能啦。）

她在想什麼我都能瞭若指掌。

「啊，還是更改好了。如果這次說謊就各做一千下。」

「……」

希雅的表情染上絕望的陰霾。

總共兩千下。說到這個地步她總算投降了。

「非、非常抱歉，我突然想到還有一項作業還沒完成……」

「這樣啊。那麼打掃工作就先暫停，妳拿作業過來，我們一起做吧。」

「真的可以嗎……？」

「當然。要是遇到什麼不會的問題，就儘管問我吧。」

「謝、謝謝您！那麼我去拿過來！」

留下這句話，希雅就動作俐落地收拾掃除用具，面帶笑容地將作業拿了過來。

（她好像覺得很開心……啊，因為這是我們第一次一起寫作業嗎？）

接下來明明要處理麻煩的作業，她卻流露出怎麼看都覺得很高興的表情。

這個可愛的隨從看起來更加可愛了。

光是能夠看到這副可愛的模樣，就讓我更加覺得有採取這個方針真是太好了。

（好啦，為了不輸給希雅，我也得努力一下……）

之所以會產生這種對抗心理，也是因為我跟希雅一樣期待。

感覺好像可以看到希雅一邊「嗯嗯～！」地沉吟，一邊拚命寫作業的模樣。

「那、那個，那麼我也要來寫作業了。」

「嗯，請吧。」

——這麼想的自己真的太愚蠢了。

因為希雅花不到五分鐘就完成剩下的作業……

「那麼，我回去打掃了！可以跟貝雷特少爺一起埋頭寫作業是我的榮幸！」

「喔、喔……嗯。」

希雅憑藉筆尖都要噴出火來的氣勢接連解開題目之後，對著我深深低頭致意，然後重新展開打掃工作。

（咦？什麼……？那、那個解題速度是怎麼回事？絕對不正常吧……難、難不成希雅比我想像的還要更加優秀……）

剛才還對她說什麼「遇到不會的問題就儘管問我」，讓我突然感到很難為情。

如果艾蕾娜在場，說不定會吐槽我：「拜託你掂掂自己的斤兩。」

（而且馬上就寫完作業並回去繼續工作未免太了不起了……就算假借休息的名義偷懶一下也好吧……）

一回想起自己十六歲時的回憶，內心的獨白就好一陣子都停不下來。

幕間

『這、這個三明治是怎麼回事！真的很好吃耶。』

今天午餐時間在管理員辦公室裡留下的記憶——

『話說貝雷特．賽托佛德，看你直接大口咬下的樣子，難道都沒想過那個食物裡可能會下毒嗎？家裡應該有人教過你要小心別人給的東西才對。』

『喔喔……確實有這樣教過我，可是我不想成為那種會對他人的好意存疑的人。一旦貫徹那種思維，就會變得凡事都不能相信了。』

『……』

『更何況我也絲毫不認為露娜會做出那種事情。』

『以你的立場來說，這個想法不太正確呢。只要我抱持殺意，你就只能任我宰割了。』

『哈哈哈！到時候我就認命上西天吧。』

『你在另一層面來說是個怪人呢。』

『謝謝妳的稱讚。』

『…………話說回來，那個真的好吃嗎？』

『真的真的很好吃喔。儘管這樣講可能不太好，甚至讓我覺得自己幸好有放棄午餐跑來這裡。』

『這……樣啊。』

『要是不會造成妳的困擾，可以幫我向做這個的人道謝就太好了。』

『……好、好的，我會轉達。』

『謝啦。』

讓我印象最深刻的，是他這時的笑容和道謝。

「……真令人開心。竟然那樣稱讚我做的東西。」

闔上書本，露娜望著漸漸暗下來的天色喃喃自語。

時間是下午六點。

露娜平常會一直看書看到最晚的放學時間晚上八點，不過她今天把晚餐拿給貝雷特吃了，沒有太多體力能繼續在圖書館留到那麼晚。

而且她不斷回想起今天跟他的互動，很難集中注意力。

「還是回家去吧。」

她雙手抱著讀到一半的書，以及兩本要帶回家裡看的書走下一樓。

雖然雙眼一副昏昏欲睡的樣子，露娜的視力很好。

一路上也沒有跌倒，就這麼在管理員坐著的櫃檯前停下腳步。

「唉呀？露娜同學，怎麼了嗎？有找到其他想借的書嗎？」

「不，不是這樣。我今天已經要回家了。」

「咦？已經要走了嗎？」

「對。」

「妳、妳是身體哪裡不舒服嗎？要不要我聯絡一下妳的家人呢……？怎、怎麼辦……」

管理員會表現得這麼慌張也無可厚非。

因為這是露娜第一次在還不到最晚放學時間就要先回家了。

「我很健康喔。」

「這、這樣啊？還是說有什麼重要的事情……」

「沒什麼特別重要的事。」

「如此一來……嗯嗯？」

如此更加深了「那麼為什麼已經要回家了？」的疑惑。

露娜一本正經地對明顯感到困惑不已的管理員說明：

「原因很簡單。因為我的便當被偷走了。」

「什麼！那豈不是重大事件嗎！得立刻聯絡一下……」

「……」

一聽到是遭到偷竊，管理員更冷靜不下來了。露娜面無表情地看著對方的反應，在事態變得難以收拾之前開口說：

「對不起。剛才那是開玩笑的。」

「開玩笑的？」

「對。沒有任何東西被偷。」

「唉、唉呀，真是的……這樣啊。看我慌成這樣，對不起喔。沒事就好。」

聽露娜從實招來，管理員總算放心地重重呼出一口氣。

露娜講話的語調總是沒有什麼起伏，也無法從表情看出她的想法。

「嚇到了嗎？」

「當、當然啊。妳的便當都放在管理員辦公室裡，因此我擔心圖書館的重要資料是不是也一起被偷了。」

「啊……對不起，我沒有想那麼多。我再也不會做這種不習慣的事情了。」

「妳別放在心上啦。反正什麼事也沒發生啊。」

露娜面無表情地低頭道歉。

要是看在不了解她的人眼中，應該會覺得她沒在反省吧。

實際上露娜也曾引發這樣的誤解，要不是真的覺得很過意不去，她不會輕易低頭。

管理員很清楚這一點。正因為如此，兩人之間才能建立起良好的關係。

「呵呵。話說回來，看來妳遇到開心的事情了呢。」

「妳怎麼知道呢？我應該什麼都沒說才對。」

「剛才妳說到『做這種不習慣的事情』對吧？妳說得沒錯，這還是我第一次聽到妳說玩笑話。」

「……只因為這樣嗎？總覺得很難為情呢。好像我表現得很開心一樣。」

如果去做一份「誰說出口的話跟表情出入最大」這樣的問卷調查，露娜肯定會堂堂榮獲第一名吧。

面對這樣無論何時都面不改色的她，管理員也不禁開始追問下去。

「欸欸欸，露娜同學，妳發生什麼開心的事情了嗎？」

「妳一副竊笑的樣子，所以我不告訴妳。」

「哎呀……妳剛才眼神飄移了一下呢。今天真的見識到好多妳難得的一面。」

「唔！」

管理員並不是因為壞心眼才這麼說。只是單純將內心的想法說出口而已。

可是露娜卻受到不小的打擊。

「……夠、夠了，我什麼事都不會再跟妳說了。」

「看妳受到那麼大的影響，當然會很在意到底是什麼事情讓妳這麼開心啊～」

「請妳快去工作。」

不是撇過頭去，露娜整個人轉過身將纖瘦的背部面向管理員，完全遮掩住自己的表情。

看她展現出「無論如何都不回答」的強勢態度，更讓管理員感到稀奇了。

就在這個時候——從旁傳來一道語帶顧慮的話語聲。

「那個……不好意思，在妳們交談時打擾了。」

「啊，沒關係。非常抱歉。請問有什麼事嗎？」

頂著一頭漂亮紅髮的男學生一提問，管理員立刻切換態度。

「請問經營學的書都放在哪裡呢？」

「經營學是吧。經營學的書都在一樓深處從左邊數來第三排的地方。」

「好的。謝謝您親切的指引。」

以洗鍊的用詞道謝的學生，立刻快步走向那一區。

「剛才那個男生感覺非常優雅呢。」

結束指引之後，管理員對著近在一旁的露娜說，立刻知曉對方的真面目。

「當然啊。因為他出身伯爵家，是艾蕾娜．盧克萊爾小姐的弟弟。」

「哎呀，難怪身上有股茉莉花香呢。」

盧克萊爾家的特徵之一就是茉莉花的香水氣味。

看著他走遠的背影，露娜一邊拋出話題。

「在我眼裡看來，他感覺就像被逼入絕境似的，真的沒問題嗎？現在才進到圖書館裡，應該是想待到最後一刻吧。」

「盧克萊爾家的餐飲事業規模做得很大，所以他說不定也被選作負責人了吧。」

「很有可能呢。」

「要不要讓他借助一下妳的智慧呢，露娜同學？」

「請不要強人所難。經營這種事情比起透過書籍得到知識，直接從經驗中學習比較有幫助。我既沒辦法給他什麼建議，而且要是因為我說的話導致失敗，我也沒辦法負責。」

「這個還真是一大難題呢。」

「畢竟跟我同年，希望他碰上的問題可以順利解決。」

這麼講的露娜不帶任何客套。

就像要證明這點似的，她那感覺昏昏欲睡的雙眼中確實帶著擔心的神色。

「……那麼，我要準備回家了。管理員小姐，可以請妳幫我挑選幾本感覺能當作參考的經營學書籍嗎？我想借來看一下。」

「呵呵，露娜同學真的很溫柔呢。」

「不是那樣。我只是有點想過目。儘管剛才那樣講，凡事都增加一點知識很重要。」

「就當作是這樣吧。」

雖然露娜裝作若無其事，在這個狀況下會被發現也無可厚非吧。

「好啦、好啦，我就趁現在幫妳挑幾本……啊，在回到管理員辦公室之前……露娜同學，所以妳是為了什麼事才那麼開心——」

「——我不告訴妳。而且我也沒有覺得開心。」

縱使管理員用「隔一段時間再問」這樣毫無破綻的手法，露娜依然沒有就此脫口而出。

露娜沒有上當並乾脆地斷言，為了拿取自己的東西而進到管理員辦公室裡。

第四章　淡化負面評價

「亞倫，你還好嗎？」

「啊，姊姊……」

在夜漸漸深沉，街道也陷入寂靜的時間。

盧克萊爾伯爵家的宅邸中，穿著輕薄連身睡衣的艾蕾娜語帶擔憂地關心弟弟。

「時間都這麼晚了，先休息吧？你今天都在圖書館努力到最後一刻了吧？」

「謝謝妳這麼擔心我。可是我還不能睡。時間怎麼樣都不夠用啊。」

「這、這樣說或許沒錯……」

亞倫研讀從圖書館借來的經營學書籍，並將重點抄寫成好幾頁的筆記。

為了方便自己反覆閱讀，也為了確實學會那些知識。

而且，他現在也在做同樣的事情。

「再這樣下去你會感冒喔。首先要顧好身體這個資本。」

「我沒事啦。不像姊姊大人，我的身體很勇健。」

「你又說這種話……」

對於不肯休息的弟弟亞倫，艾蕾娜噘起嘴巴在一旁的沙發坐下，然後伸直一雙長腿。

「唉，父親也真是的，都是他突然說出『新的店就交給亞倫』這種話。而且竟然因為太忙，就單方面決定好商討的日程。」

「那也沒辦法啊。他平常動不動就會對我說『既然出生在這個家』之類的嘛。」

「嗯……」

無法反駁這句事實的艾蕾娜心懷不滿地低吟一聲。

她順著內心的情緒將雙手手肘抵在大腿上，緊接著拄著臉頰朝亞倫看去。

「唉，正因為如此，我也有認真念書，可是還是遠遠不夠。是我想得太天真了。」

「這樣啊……」

這段對話一停下來，姊弟倆就默契十足地同時大嘆一口氣。

「對不起喔，亞倫。如果我有涉足業務，現在就能立刻給你很多建議了……」

「知道妳有這份心意就夠了。姊姊也有自己該做的事啊。」

「說是該做的事，也只是嫁給地位崇高的貴族而已吧？跟亞倫相比，根本稱不上是什麼辛苦的事情。」

「說不定在嫁過去之後會碰上什麼問題啊？」

「才不會發生那種事。對象可是我自己挑選的耶。當然會過上幸福的生活啊。」

「哈哈……」

大概是很有自信吧，亞倫實在說不過斷言的同時還露出開朗微笑的姊姊。

「呼。不過話說回來——」

明顯轉移話題般站起身的艾蕾娜，看到亞倫認真念書的結果，不禁皺起眉頭說：

「這樣勉強又逼迫自己還是不太好。雖說我不知道父親對你說了些什麼，還是再找找其他方法比較好吧？畢竟你也不是完全沒有經營學的知識啊。」

「其他方法是？」

「例、例如說……去拜託別人之類的。就像你今天早上來找我商量那樣。」

艾蕾娜筆直地伸出食指強調地說：「對吧？」

要是可以找到一個願意協助的人，應該就能減少自己身上的負擔。雖然艾蕾娜為弟弟想出這個辦法，亞倫卻搖了搖頭。

「這應該很困難吧。畢竟要商量的內容很重要，一旦闡明商量的事情有關伯爵涉足的事業，周遭的人應該都會覺得戒慎恐懼。」

「……啊，不然找男爵家的露娜小姐商量如何？」

艾蕾娜又接著補上一句：「以不會將責任加諸在人家身上為前提。」

「不但具備大人都比不上的豐富知識，我也認識她這個人，應該可以請求她的協助。」

「謝謝妳，姊姊。可是這是我的問題，得靠自己採取行動才行。啊，這麼說來，我今天第一次見到露娜小姐了喔。只不過她那時剛好在忙，沒能跟她打上招呼。」

「唉呀，那還真是可惜。有碰到面還是好事一樁。她應該才知道你是誰才對。」

然後在「呵呵」地輕聲笑了笑之後，艾蕾娜問出像是老調一樣的話：

「既然是第一次見面，應該被她獨特的氛圍嚇到了吧？」

「獨特的氛圍是指？」

「她既沉默寡言又表現出凜然的態度對吧？就算想跟她打招呼，也會覺得有點難以親近不是嗎？」

「她看起來確實滿文靜的，可是我看到露娜小姐時，圖書館管理員正在捉弄她，該說是有點慌慌張張的樣子嗎……所以完全沒有那種感覺喔。」

雖然意見出現分歧，雙方的發言都沒有錯。

「是、是喔？既然如此，那個人應該就不是露娜小姐了吧。」

「是……這樣嗎？」

平常都像銅像一樣看書。那就是露娜。

無論發生什麼事情都表現得沉著冷靜，沒有事情會讓露娜產生動搖。

艾蕾娜會說出「不是露娜小姐」的想法確實沒錯，表現得慌慌張張的卻正是露娜本人。那個時候只是碰巧時機不太對而已。

「總之，就算你被露娜小姐拒絕也沒關係啦，亞倫。你還有其他辦法。」

「其他什麼辦法？」

「我去宣揚一下『只要能幫助我苦惱的弟弟，我就答應那個人的求婚』如何？」

「姊、姊姊！」

「呵呵，我開玩笑的啦。又不一定會招來很多人，而且不懷好心的人提供的建議也當不成參考嘛。」

「那、那就好……總之，妳一定要慎選對象才行喔。儘管這樣指名道姓有些失禮，也有像貝雷特先生那樣的人……」

亞倫壓低聲調，一臉不悅地斷言。

「貝雷特啊……」

「嗯。向來就只聽過他的負面傳聞。姊姊大人應該也是吧？」

「確實是這樣沒錯……可是他很親切喔。沒想到其實是個好人呢。」

「咦？怎麼會，絕對不可能啦。」

聽到姊姊語帶親近的感覺說出「好人」這種形容，亞倫露出一臉狐疑的表情斷言。

「當然，我不會逼你相信，而且我自己也覺得難以置信，不過你總有一天也會明白，有時候傳聞終究只是傳聞罷了。」

「姊姊竟然這麼肯定……？」

「對啊。貝雷特只不過是一個笨拙的人。大概是其他貴族為了拉低侯爵的評價，才會放出這種傳聞吧。」

「嗯～確實也有這個可能，可是我們在講的是那個貝雷特先生耶？」

「既然不是你自己被欺負，就必須具備不會全盤相信謠傳的從容。尤其像我們這種立場的人，更是要將這點銘記在心。」

「……也、也是呢。抱歉。姊姊說得對。」

「你有聽懂就好了。」

對於現在跟貝雷特建立了友好關係的艾蕾娜來說，她也希望弟弟能跟他好好相處。會像這樣幫他說話是理所當然的事情。

「好啦，既然我都來了，就幫你泡杯紅茶吧。」

「姊姊要自己泡給我喝嗎？」

「這麼晚了還要叫僕人來做，也會讓人於心不忍吧？所以你就喝我泡的忍耐一下吧。」

「這樣說太客氣了。姊姊泡的紅茶可是好喝到連父親都會稱讚呢。」

「呵呵，那你等我一下喔。」

「謝謝妳，姊姊。」

「不客氣。」

經過這樣感情要好的姊弟互動之後，亞倫持續念書到跨夜。

****

隔天——

結束上午的課程，時間來到午休之後過了幾分鐘的時候。

「——原來如此，那還真是辛苦。」

貝雷特在教室裡吃著僕人做的輕食，一邊作出這樣的回應。

同時聆聽坐在隔壁的艾蕾娜說起昨天的事情。

「可不只是辛苦而已喔。自從弟弟得知新的店舖要交付給他之後，每天都在熬夜學習……不管我怎麼勸說，他都聽不進去，真的很令人擔心。」

「喔……所以妳才會這麼累啊？」

「你、你發現到了嗎？我自認隱藏起來了耶。」

艾蕾娜纖細的手指抵在嘴邊，然後快速地眨了眨眼。

「因為妳上課的時候強忍住好幾次呵欠啊。我就想妳昨晚可能沒睡好。」

「你……上課的時候竟然都在看我啊？」

她說話的語調頓時改變。感覺就像在捉弄人一樣。

我朝身旁看去，她果不其然露出我預料中的表情。

「妳幹嘛露出像是『看我看到入迷了嗎？』的得意表情啊……我坐在妳旁邊，自然就會瞄到好嗎？」

「就算是客套話也好，你也配合一下嘛。這樣會不受歡迎喔。」

「遑論不受歡迎了，我還有更大的問題，所以沒放在心上。」

「……啊，呵呵呵。你可是眾矢之的呢。」

「而且還被人怕得要命。不過這是我自作孽，所以沒轍。」

「真可惜呢。虧你生了一張好看的臉蛋，卻談不成戀愛。」

（咦？）

順著話題被她自然而然地誇獎了一番，不過我要是對此作出反應，說不定就沒辦法拉回正題了。

雖然很想吐槽，此時為了艾蕾娜著想，我還是決定拉回正題。

「那個……話說啊，事到如今才問好像也太遲了，可是妳弟弟幾歲啊？其實我對他不太熟。好像也沒有跟他見過面的樣子。」

「唉呀，是這樣嗎？我弟弟小我一歲喔。」

「也就是說在顧及學業的同時，被交付一間新的店鋪啊……有機會可以挑戰這種事情確實很厲害，但是我也能理解艾蕾娜替他擔心的心情。」

「對吧？父親真的很心急耶。竟然在他還是個學生時交付這麼重要的職責。而且還是突然拋出這個難題給他喔？為什麼不再按部就班一點呢？」

大概是不說出口就不甘願吧。艾蕾娜交疊雙臂，再次開啟苦惱與抱怨的模式。

相對的，這代表她就是如此擔心弟弟的狀況。

看到她這副模樣，著實讓人莞爾起來。

「所以說到底，妳只是想找我抱怨而已嗎？妳應該知道就算說這麼多，也不會帶來任何實質助益吧？」

「我、我當然知道……我並不只是在找你抱怨。如果你聽我說完這些有什麼想法，希望可以給我一點建議。」

正在吃飯的時候，一張像是人偶一樣端正的漂亮臉蛋突然湊近過來。

（呃，不用靠得這麼近吧……）

雖然對方應該不是刻意的，看在自己眼裡對心臟實在很不友善。

在感受到那股茉莉花香的同時，我稍微拉開了一點距離。

「就算妳這樣講，我該給出什麼樣的建議才好？」

「這、這個嘛……像是我弟弟之後要怎麼做才好……之類吧。」

「呃，我沒辦法給出那樣的建議啦。我只是從妳口中聽說了大致上的狀況而已。更何況我也不曉得妳弟弟有什麼樣的想法。」

如果是她弟弟來找我商量就另當別論，然而只是從艾蕾娜口中轉述，能得到的資訊量實在太少了。

我再怎麼想幫上忙，頂多也只能給他「努力加油吧」這樣不痛不癢的意見。

「因、因為經營層面的事情很複雜，我沒辦法跟你說得很詳細啊。這也沒辦法吧……」

「這點不能用『沒辦法』帶過吧？我知道妳太擔心弟弟的事情以至於沒有那個從容，好歹也要在昨晚就先把必須商量的事情筆記下來。」

「嗯……不要說這種大道理嘛。」

「妳也不用這樣鬧彆扭啊。」

她瞇著那雙如寶石般漂亮的紫色眼睛噘著嘴說。

之前從來沒看過她這樣的表情，大概是因為稍微放下戒心了，再加上遇到讓她難以保持從容的事情，才會表現出真正的自我吧。

「不要說我鬧彆扭好嗎……講得好像我很孩子氣一樣。」

「是是是。」

「唉……不過說得也是呢。如果希望你能給出建議，確實應該那麼做才對。我真的太沒出息了。」

她嘆出一口氣，肩膀垮了下來。

我絲毫沒有想害她這麼消沉的意思，但是看到這副模樣得幫她說點話才行。

「反正就是……以長遠的眼光看來肯定會往好的方向發展，所以妳只要放寬心就好了吧？避免妳弟弟反而因為擔心妳而分心。」

「這樣講也有道理……話說你為什麼可以這麼肯定地說『會往好的方向發展』呢？」

「因為他可以在這麼年輕的時候實踐、累積經驗，並學習到失敗及成功的體驗耶？假如沒有足夠的資本，根本就辦不到這種事情，所以絕對可以獲益良多喔。」

「那、那些過程就算等他從學園畢業之後再去體驗也不遲吧？或是慢慢累積基層經驗之後再來……」

「艾蕾娜，妳這樣說確實沒錯，可是有些觀點肯定只有現在才看得見。何況正是因為年輕，追求理想的力道才更加強勁。妳的父親應該也是期待他在這方面的表現吧？」

一切都只是我的預測。然而，說到盧克萊爾伯爵家，他們可是大規模發展餐飲業到住在這個城鎮的人眾所皆知的程度。

擁有這般實績的人，不可能漫無計畫地順勢而為。

（要不是有轉生，要不是出過社會，我也說不出這種話呢……）

透過這樣的對話，讓我再次體認到自己身處在另一個世界。

「儘管我也稱不上了解，第一次接觸經營肯定會碰到許多摸不著頭緒的事情，成功的可能性還比較低。正因為如此，只能朝理想不顧一切地埋頭努力；假如在過程中碰上名為現實的高牆，就只好換個觀點思考並盡力去做。」

「……」

「呃，總之我的意思是，艾蕾娜的父親應該是想讓兒子打造出實現自己理想的餐廳吧。放眼未來，實現理想的餐廳不但比較能滿足客人，生意也會比較好。以結果來說，為此就需要讓他儘早開始累積經驗。」

我這種人大概說不出什麼精確的事。只不過，這就是現在的自己能夠說明的極限。

我能肯定的是，伯爵家盧克萊爾有著相當雄厚的資金與從容。

既然目的是要讓他累積經驗，應該經歷一兩次失敗也沒關係。

「所以，感覺大概就是這樣吧。儘管我只說了優點，而且是以就算失敗了也不會受到挫折為前提，既然身處可以挑戰的環境，就應該立刻去嘗試不是嗎？如果他是朝錯誤的方向前進，妳的父親肯定會阻止，而且也會提供協助才對。」

「啊……」

「啊？」

總覺得跟希雅也有過這樣的對話。

「也、也是呢！到時候父親想必也會提供協助才對吧？」

「儘管我不了解妳父親的個性，所以無法作出評論，（既然妳是這樣的個性）他應該是個溫柔的人吧？」

「是啊。雖然他總是以工作為優先，確實是個溫柔的父親喔。」

或許是不滿父親對這件事的態度，艾蕾娜才會從來都沒有產生過「他會協助」的念頭。

理解這番話之後，艾蕾娜的語調不但變得開朗，也露出開心的表情。

「那就沒問題了。雖然以我個人來說，覺得學生時代還是專注在學業上比較好，妳父親想必是因為相信妳弟弟才會作出這個選擇。所以妳也試著比起缺點去相信優點，更重要的是去相信妳弟弟吧。」

「嗯、嗯！我會這麼做！」

總覺得我還是第一次看到艾蕾娜這麼坦率的樣子。大概是放下了心中的重擔，我跟展露笑容的她對上視線。

「……」

「……」

此時我們之間的話題中斷。只是一直對視著彼此，並且陷入一陣沉默。

這樣的時間會持續多久啊？

只見艾蕾娜的白皙雙頰漸漸泛起羞紅。

開始莫名奇妙地張望起四周——

「哼、哼！話雖如此，你太囂張了。一副高高在上的模樣，講得好像很懂一樣。」

「咦～」

才想說她總算開口，卻撇過頭去，感覺心情很差地站起身來。

「夠、夠了，我要去學生餐廳了。你就自己一個人孤單地度過午休時間吧。」

她的態度明顯很奇怪。變得不沉著、不再跟我對上視線，而且戴著頸飾的脖子以上都紅了起來。

「啊，難道妳害羞了嗎？」

「唔！怎、怎麼可能啊，笨蛋。」

「咦咦——？」

這麼說完，艾蕾娜就快步離開教室了。

（肯、肯定惹她生氣了吧……）

我可不想破壞跟她之間的情誼。

「晚點得向她道歉才行……」

跟她坦言我沒有要捉弄她的意思，應該就會原諒我吧。

下定決心在下次碰面時就要跟她道歉之後，我將剩下的午餐吃完。

然後帶著昨晚看完的愛情小說，為了還書而前往圖書館。

「嗯，果然都沒有人來耶。」

我打開圖書館大門，看著空蕩蕩的室內喃喃自語。

在午休已經過了一段時間的現在，圖書館裡就跟昨天一樣不見其他人的身影。

（反正沒什麼人也比較剛好就是了。）

既然過著會被人在身後指指點點的學園生活，沒有別人在的地方，就是唯一能讓心神放鬆下來的地點。

「那麼先來找露娜吧。」

之所以來到圖書館，主要有兩大原因。

一個是為了歸還昨天借的書。

另一個則是要請露娜推薦下一本書給我。

儘管她推薦給我看的這本愛情小說以女性為主要客群，我也看得很開心。

為了請露娜推薦書籍而剝奪她看書的時間確實讓我感到過意不去，不過我還是懷著「不知道她下次會介紹什麼樣的書籍給我」的期待來到這個地方。

（最後再歸還書也沒關係，總之先上二樓找找看好了。）

我昨天在二樓邂逅抱著一疊書走著的露娜。

以採取同樣的行動模式來說，她很有可能就在那裡。

「如果可以早點找到她就好了……」

這間圖書館寬敞到都可以用來玩捉迷藏，而且也有很多死角。假如沒有巧遇彼此，應該要花好一段時間才能找到人。

我盤算著「先從愛情小說的書櫃找起吧……」這樣的計畫走上階梯。

然後，就在我抵達二樓的瞬間——

「嗯唔！」

「嗯？」

突然聽到有人發出驚訝的聲音。

我朝聲音的方向轉頭看去——就跟一個在閱讀區埋頭念書的男學生對上視線。

他有一頭梳理整齊的紅髮，以及一雙漂亮的紫色眼睛。總覺得是個跟艾蕾娜特徵相似的男生。

（咦？我好像曾經在哪裡看過這個男生，但是又好像沒有……）

我從貝雷特的記憶中感受到一股模糊不清的感覺。

「……」

「……」

在這段期間，我一直跟他四目相對。大概是因為雙方都沉默不語，以至於這段尷尬的時間只是徒然地流逝。

（喔喔……這應該就是那種狀況吧。雖然我不認識對方，他知道我是誰那樣……而且是他先說出「嗯唔！」，還一直盯著我看……）

我並不確定。然而以現況來說，這樣比較自然。我想不到除此之外的情形。

正因為如此，我只能作出不失禮貌的反應。

「你好～」

為了讓他產生「我當然知道你是誰」的感覺，我決定先打個友善的招呼再說。

****

「您、您好……貝雷特先生。」

回應貝雷特招呼的人物——亞倫此時心臟狂跳個不停，要自己儘快趕去避難的警鐘響徹全身。

（什、什、什……！為什麼侯爵家的公子，貝雷特先生會出現在這種地方……！）

從來沒有傳出任何貝雷特會踏入圖書館的消息。

亞倫就這麼碰上意料之外又難以置信的狀況。

「午休時間就這麼認真啊～？真了不起呢～」

「不、不會。沒這回事……！」

他擺動雙手，在否認的同時上半身往後仰去以拉開距離。

（儘管姊姊叫我不要全盤聽信傳聞，我還是辦不到！壓迫感太可怕了！拉長的語尾也好恐怖！）

眼見貝雷特臉上帶著笑容一邊慢慢逼近。感受到他背後散發出不祥氣魄，亞倫的臉色也越來越鐵青。

「咦咦～？你不用這麼謙虛啊。你現在正在讀哪方面的書呢？」

「就、就是……經營方面的。」

「經營！哦，經營啊……」

貝雷特終究還是來到了眼前。

面對這個無法向他人求救的狀態，不祥的預感不停滿溢而出。

「其實啊，我朋友的弟弟好像也一樣在苦惱跟經營有關的事呢。儘管這樣貿然打擾很不好意思，可以讓我稍微看看你在學習哪方面的事情嗎？」

「什……！」

（說、說得這麼客氣，他打算撕毀我的筆記吧……！我可是知道你這個人有著什麼樣的傳聞……！）

「果然還是不方便嗎？」

「唔！不、不會……！沒有這回事！請、請看！」

（即使心知肚明還是沒辦法！我怎麼可能拒絕得了他啊……！）

伯爵家跟侯爵家，是對方的地位比較高。

而且，這就跟蜥蜴斷尾的道理一樣。為了保護自己，亞倫顫抖著雙手將堪稱努力結晶的重要筆記……交給貝雷特。

就在亞倫想著「得壓抑住即將發生的事情湧上的怒火才行……」，下定決心的瞬間——

「突然提出這樣的要求真的很抱歉。謝謝你。」

「唔！」

眼前看見的是微微低頭致意，以一臉過意不去的樣子接過筆記的貝雷特。

（咦？他、他剛才……對我低頭致意了？那個地位比我還要高的貝雷特先生嗎……？）

並不是亞倫眼花。就像要證明這點似的，貝雷特正為了不要摺到筆記而小心翼翼地翻頁細讀。

（怎、怎麼會……怎麼會有這種事……）

與負面傳聞完全相反的態度，讓亞倫感受到被鐵鎚砸中腦袋一般的衝擊。

「我問你，你是從什麼時候開始學習這塊領域的呢？」

「我是……從十二歲左右開始。」

「十二歲嗎！」

「是、是的……」

（會不會被他說「未免太晚了，你真的有心要學嗎？」之類的話啊……還是會被他說「你學不來啦」之類的呢……）

亞倫萌生負面的想法，然而那只是他杞人憂天罷了。

「哦，那還真是厲害呢。從這份筆記的內容就能看出你有多麼努力。當然，也能看出你每天都努力不懈地學習。」

「咦……」

「為了能再回頭複習而將要點整理得很清楚，然後在不了解的地方寫下備註。儘管不是想自嘲，我還真沒辦法像你這麼認真。」

見他一臉認真，而且完全不像在說客套話的回應，讓亞倫說不出話來。因為可以看得出來他是發自內心這麼說。

（那些負面傳聞都是騙人的嘛。沒想到他竟然是個這麼謙虛又寬容的人……）

「既然你這麼認真，在知識層面來說應該有一定程度的戰力吧？而且從你的筆記看來，我覺得已經顧及到相當廣的層面。」

「不，我還差得遠……」

「是嗎？可是你這樣的努力一定可以得到回報喔。因為這不是任何人都能辦到的事。」

「過、過獎了，謝謝！」

「哪裡、哪裡。啊，謝謝你借我看。如果我朋友的弟弟也像你這麼努力，就絕對可以放心了呢。」

既沒有擺出高壓的姿態，也沒有壞心眼地嘲諷人，甚至還誇讚這番努力。

看到貝雷特甚至還掛心朋友的弟弟，讓亞倫一改對他的印象。

（原來姊姊說的是真的……）

『……可是他很親切喔。沒想到其實是個好人呢。』

『貝雷特只不過是一個笨拙的人。大概是其他貴族為了拉低侯爵的評價，才會放出這種傳聞吧。』

他的腦海中浮現出昨晚艾蕾娜對他說過的話。

（看來是因為在貝雷特先生身上找不到什麼缺點，所以只能透過放出負面傳聞這種手段，才能拉低對他的評價……）

像這樣跟他有所接觸之後就能理解了。這個瞬間，點跟點之間連起了一條線。

「順帶一提，你應該不是被父親或母親強迫去做這些事情，而是自己想學習的吧？」

「當然。」

「既然如此，你在煩惱的事情比起知識層面，會不會在於基礎層面呢？」

「基、基礎……嗎？」

「對。簡單來說，例如理念之類。這是必須自己構想的事情對吧？我想你應該已經思考到一定程度了，才會為了探究這樣做究竟好不好，而想學習更多更多知識吧？」

「唔！」

「哦？似乎被我說中了呢。看過你的筆記之後，我就猜想會不會是這樣。」

被他說中，而且還投以一抹微笑的時候，「恐懼」二字已經從亞倫心中消失了。

（貝、貝雷特先生究竟是什麼人！怎麼可能在那麼短的時間內就說中到這種地步……）

太令人驚愕了。這麼聰明的人，就算因為別的傳聞而轟動全校也不奇怪。

就像「書蟲才女」露娜．潘連梅爾那樣。

既然沒聽說過這種事情，就代表他為了度過平穩的生活，而不想引人注目吧。

然而知曉這份實力的貴族對貝雷特有所畏懼，於是才會貶低他的評價。

（我說不定可以求助這個人……求助於貝雷特先生。）

直到剛才都把對方當成惡人看待，還對他敬而遠之。雖然會因此變成一個見風轉舵的人，即使如此——

「那、那個……貝、貝雷特先生……我知道這樣拜託你非常失禮，要是你有空，可以聽聽看我構想的提案嗎……」

亞倫鼓起勇氣拜託，並且對他深深低下頭。

「咦？好啊。儘管我可能幫不上什麼忙，要是這樣也無妨當然沒問題。」

「非、非常感謝你！」

（他明明也感受到了我對他敬而遠之的態度才對，竟然這麼乾脆就答應……貝雷特先生是何等仁慈的人啊……）

「那我就坐你對面這個位子吧。」

「啊，我來替你拉椅子……！」

「不用啦，這點小事我自己來。畢竟是我自願陪你商量的嘛。」

「唔！」

聽到這句話，亞倫更是確信那些負面謠傳並非事實。

（是我錯了……）

在內心深刻反省的亞倫切換成學習的態度。為了將這一分一秒學到的東西都化為己有，換上認真的神情面對貝雷特。

——也因此絲毫沒有察覺到有個女生從書櫃一旁探出頭來注視著這一幕。

＊＊＊＊

（嗯——這個帥哥到底是誰啊……要不是跟貝雷特互相認識，應該不會希望我陪他商量吧……要是不趕緊回想起來，絕對會很不妙吧……）

『你知道我是誰吧？』

——要是被他問上這麼一句就毀了。

與他面對面的自己，在聽他商量的同時也不禁冷汗直流。

「那個，我……在父親的安排下，要負責經營一間新的店鋪。」

「咦？你還這麼年輕耶？」

「是的。因為我的父親和母親都經營好幾間餐廳的關係。」

「原來如此……是基於這樣的背景，才會從小就開始學習啊。」

（總覺得跟艾蕾娜跟我說的內容很像，可是應該只是錯覺吧。）

一頭紅髮。紫色眼睛。他跟艾蕾娜有非常相似的地方，感覺容貌似乎也有點相像，不過個性就截然不同了。

更何況如果是艾蕾娜的弟弟，貝雷特應該會有這樣的記憶才對。

雖然很在意他的身分，要是在這個時間點探究這點，肯定會讓他覺得很奇怪。

為了不讓他問起「你知道我是誰吧？」，總之就先主導對話好了。

「那麼就進入正題吧。可以告訴我在你的構想中，是要經營什麼樣的店嗎？這應該也是你正在苦惱的部分吧。」

「好的。」

俐落地答覆之後，他開口說：

「我想經營的餐廳，要平價提供任何客層……不分貴族或是庶民都能滿足的料理。還有就是不浪費食材這點。我以這兩點為中心作構想。」

「這樣啊。在提供的料理和訂定價格方面會受到進貨成本很大的影響，因此這個部分比較難說……你有想到哪些方法可以讓餐廳不浪費食材嗎？」

「有。如果有剩餘的食材，而且超過可以安全食用的期限，在我父親和母親經營的店裡會全數報廢，但是我想改變這樣的循環，所以想在報廢之前盡可能做成料理，然後免費提供給想填飽肚子都有困難的人——我是這樣想的。」

「哦～原來如此……這確實是個好點子呢。是個很理想的方針。」

「謝謝！」

（他還這麼年輕，就真的想解決這樣的難題啊……）

看他懷著滿腔熱情這麼說，讓我感到相當佩服。不過——

「可是啊，可是呢……一間餐廳不太適合採取這樣的方針呢。」

「唔！」

「首先要保證這樣的方針不會對營業額造成影響。另外就是這樣做會將本來不用付出的勞力強行加諸在員工身上，給餐廳帶來的好處太少吧？說來確實很令人心痛，可是就算幫助貧困的人們，也幾乎得不到任何回報，甚至還有可能連『會幫助貧困之人的餐廳』這種正面評價都難以傳開。」

「……」

（以前在祖父經營的餐廳打工時，我好像……也問過跟他一樣的問題。而且還是一邊報廢食材一邊問。）

我這麼問了之後，祖父就說「這樣也能讓你多學到一點」，教會我各式各樣的事情。要不是有那樣的經驗，我應該沒辦法說出這樣的建議吧。

我知道這是在對一個想實現理想的人說出殘忍的話，然而考量到利益，會這麼做也是不得已。

既然他都來請教我了，就必須連負面的意見也告訴他才行。

「最大的問題應該在於『免費提供料理』這點吧。」

「為、為什麼那會是最大的問題呢……」

「因為料理要是送到懷有惡意的人手中，屆時風險管理會很難處理。」

「嗯？」

他費解地歪過頭去。正因為還年輕，應該很難想像這種狀況吧。

（也是啦……這不但難以啟齒，也是會讓人想避開的話題……）

為了讓他明白這一點，這也是沒辦法的事。

「這只是舉例而已喔。假設有人吃了你店裡提供的免費料理，跳出來說『因為吃了這個料理，身體狀況變差了』，或是『裡面混入了奇怪的東西』之類的，你要怎麼負責呢？對方的目的在錢，要捏造證據很輕而易舉，就算你對抗到洗刷了冤屈，也肯定會傳出負面謠言。對你的店，更重要的是對你們家來說，會為此產生負面的結果。」

「唔——！」

「很可惜，這世上有很多為了一己私欲而利用他人善心的人。無論是什麼樣的世界，都不會只有好人。那些經營者正是因為明白這個道理，才會寧願選擇報廢食材。畢竟要是餐廳的生意不好，就沒辦法照顧到在店裡工作那些員工的生活。」

「……」

他緊閉雙唇低下頭去。從他沒有作出反駁看來，應該好好理解我指摘出來的內容了。

（對他來說應該是很難以想像的事情……換作是我站在他的立場，絕對會不想承認吧。何況還是被一個年紀沒差多少的人這樣講……）

我覺得他正在做難以用言語表達出來的厲害事情。而且，面對勇於挑戰困難的人，會讓人想替他加油。

後續的交談中，我就將重點擺在可以讓他重振起來或提起勇氣的稱讚。當然，那些都不是客套話。

看到他認真學習的成果，自然而然就能說出這些話了。

「呼……」

在那之後大概過了十分鐘左右吧。結束意料之外的商量，現場只剩下自己一個人的時候，我忍不住大嘆了一口氣。

（到、到頭來那個帥哥究竟是誰啊……他要離開的時候還很有禮貌地跟我道別。）

懷著難以排解的疑惑，我伸手拄著臉頰。

（……啊！露娜說不定會知道，去問問看她好了！）

既然他今天有來圖書館念書，就代表他以前可能也有來過。

換句話說，到圖書館上學的露娜說不定知道他的身分。

就在這樣難以排解的心情看見一線曙光，同時為了達成原本要來找她這個目的而抬起頭的瞬間——

「圖書館既不是商量事情的地方，也不是讓人拄著臉的場所喔，貝雷特．賽托佛德。」

「唔！」

雙手交疊在身後無聲無息出現的她，投來和往常一樣面無表情且看起來昏昏欲睡的金色眼睛。

「露、露娜……難道妳聽到我們剛才在討論的事情了？」

「用那樣的音量說話，就算沒有刻意聆聽也聽得到。更何況圖書館還是個要保持安靜的地方。」

「也、也是呢……真的很抱歉喔。打擾到妳看書了。」

「你有在反省就好。」

她說得一點也沒錯，因此我無法反駁。

我搔著臉頰道歉後，她立刻就原諒我了。

「話說回來，他已經沒問題了嗎？」

「他？喔喔，應該沒問題了吧。看他的眼神那麼堅定，應該不會那麼輕易就折服……我希望是這樣啦。」

「這樣啊。」

如此喃喃的露娜朝紅髮青年離開的方向看去。

——這個瞬間，我目睹到不禁屏息的光景。

由於她的身體稍微轉了一個方向，使得我偶然看見了。

看見她交疊在身後的手上拿著經營學的書籍。而且書中還夾著好幾張便條紙。

（難、難不成露娜本來想幫助他……）

產生這個想法之後，我立刻就得出這不可能只是偶然的答案。
看到她這樣充滿溫柔的身影，我忍不住脫口詢問：
「露娜，妳可以向後轉一下嗎？」
我為了搶走她藏在背後的書籍而這麼誘導，卻沒有如願以償。
「為什麼突然要我向後轉？你想要從背後偷襲我嗎？」
「我、我才不會做那種事。」
「很可疑呢。請容我拒絕。」
她很乾脆地用無機質的聲音拒絕。露娜想必將注意力轉向防禦了吧。
既然了解到這一點，現在就算做那種迂迴的事情應該也沒有意義，於是我坦率地告訴她自己的目的。
「抱歉，我就老實說了。可以給我看看妳藏在背後的書籍嗎？」
「……」
露娜很難得沒有回應。
不過她並沒有無視我的要求。
「你是什麼時候發現的？我還是有刻意藏得不讓人看見……」
「剛剛才看到。妳的身體稍微轉個方向時瞄到了。」

「……這樣啊。」

露娜垂下看起來昏昏欲睡的雙眼，給出放棄般的回應。

她將交疊在身後的手，以及拿在手上的書籍一併往前伸出。

（果、果然……）

我並沒有看錯。她拿的正是夾了很多張便條紙的經營學書籍。

「這是為了剛才那個男生準備的嗎？」

「不好意思，我無可奉告。就算真的是那樣，也只會讓我顯得很難堪而已。」

這句話聽起來就跟坦言「是為了他準備的」一樣，不過她應該是判斷以這個狀況來說，要否認到底還比較困難吧。

「露娜，總之那本書可以給我看看嗎？」

「這本書的內容很艱深喔。」

「沒關係、沒關係。啊，夾在裡面的紙就不用拿起來了。」

「……紙張上沒有寫什麼有趣的事喔。」

「我也不覺得會寫著什麼有趣的事啦。」

我牽制在拿給我之前打算先把紙張抽出來的露娜，然後請她將書本借給我。

我無論如何都想確認的，就是代替書籤夾在裡面的便條紙。

一翻開那個頁面，我就明白這些便條紙起了什麼樣的作用。

【這邊描述看待事物的方式或許可以作為參考。】

【這邊提及考慮過可能帶來的風險再作決斷，可能是往後必備的能力。】

【這邊論及溝通的重要性也是一大關鍵。】

上頭寫著要完整看過這本厚重又艱深的書籍內容，才能重點式標記出來，露娜給的各種意見。

而且最後還有「雖然辛苦，還請好好加油」這樣的鼓勵。

看完十二張便條闔上書本之後，露娜就像看準了這個時機般對我搭話：

「……不過你還真有勇氣呢。」

「勇氣？」

「對。不只是答應陪他商量，在覺得會有困難的地方，你也很老實地告訴他了吧？我認為你說得很對，然而要是因為這件事而使得狀況變得複雜，你有可能會被究責。就算你的身分崇高，也不見得能夠不屑一顧喔。」

「……咦？等等，那個男生的地位那麼高嗎？」

「你在說什麼傻話啊？雖然伯爵之間有權力分配不均的問題，他的家系可是位於伯爵之首，你應該也很清楚才對吧？」

（咦，是這樣嗎！竟然是伯爵之首……話說只是陪他商量，竟然也會被究責嗎！真是的，好歹也要記得這種地位的孩子的長相跟名字吧，貝雷特……）

能在這個世界生存下去都是多虧了貝雷特的記憶，不過不記得的地方未免太糟糕了。

「沒、沒關係啦，要是被究責也只能隨機應變了。假如因為誤會而遭到譴責，我也會挺身對抗。雖然八成會輸就是了。」

「就算聽我這麼說，你感覺也不後悔陪他商量呢。」

「因為我不想成為會後悔陪他商量的那種人啊。」

「……不好意思。是我問了蠢問題。」

「哈哈哈，這沒什麼需要道歉的啦。」

儘管內心感到害怕，我還是一笑置之。

「透過這次的事情讓我察覺到一件事。貝雷特・賽托佛德，你還滿豁達的呢。感覺有一番成熟的心思。」

「是嗎？」

「是的。不只是剛才那番話，在陪他商量時你還這麼說了。『這世上有很多為了一己私欲而利用他人善心的人。無論是什麼樣的世界，都不會只有好人』。一般的學生可說不出這種話。」

我總不能說：「因為我是轉生過來的，才有辦法這麼回答。」

面對一臉睡眼惺忪拋出敏銳意見的露娜，我只能用苦笑蒙混過去。

「我還記得這麼豁達的你，說過『我不想成為那種會對他人的好意存疑的人』這樣的話，讓我更是感到驚訝。看來你是個笨蛋濫好人呢。」

「妳說話也太直了吧。」

要是有其他人目睹這一幕，肯定會直接僵在原地吧。

不，說不定會動手逼她低頭道歉。

畢竟一個男爵家的女生，竟然對著負面傳聞不斷的侯爵家貝雷特當面說出這樣的壞話。

可是，正因為她說得這麼直接，才更讓我明白露娜的壞話中完全不帶有任何嘲諷。

她的下一句話，更是讓我斷定這麼想是對的。

「雖然剛才說得那麼難聽，我覺得這樣的你相當帥氣。因為你是自己鋪設自己的軌道，走在自己認為正確的道路上。」

「……」

「不僅如此，面對可能會被究責的商量，你還是拋出自己的意見認真想替他解決煩惱。一般人應該只會說著『這個想法很出色呢』之類，討他歡心而已喔。」

「不、不至於吧？」

「不，這麼做在階級社會才是正常會有的反應。所以，確實採取行動的你相當了不起。作為一個人讓我感到相當尊敬。」

她完全沒有撇開視線，用理所當然的態度說。

雖然跟平常一樣面無表情，大概是因為害臊，總覺得只有這個時候雙頰泛紅了起來。

「謝、謝謝……不、不過露娜也是個很『了不起』的人喔。」

「我跟你不一樣，什麼事都沒做到。」

「妳也確實採取了行動吧？我不曉得是基於什麼樣的原委，可是妳還是像這樣想幫上他的忙。」

我輕輕碰了一下那本書，示意她採取行動的證明。

「沒有任何實際成果的行動，就沒有行動的意義。我不像你一樣真的幫上他的忙，因此不能相提並論。」

「我不這麼認為耶。」

「……不這麼認為嗎？」

露娜微微歪過頭。

「在他剛開始接觸經營並遇上難題的時候，妳查的東西一定可以幫上他的忙吧？因為妳挑選的書籍裡，刊載了剛開始接觸經營時必備的技能與資訊。這次只是時機碰巧，我剛好適任而已。就長遠的目光看來，在妳這次採取的行動中得到的知識，一定能成為他的助力。」

「是……這樣嗎？」

此時一直看著自己的她低下頭。她感覺有些退縮，悄聲地這麼確認。

「肯定是這樣。更何況我本來就打算在跟他商量時碰上困難的話，就要仰賴聰明的妳。畢竟這方面的事情沒有誰比露娜更可靠了。」

「……」

「所以，要是那個時候來臨，就要請妳多多指教嘍。儘管對女生這樣講感覺有點奇怪，就麻煩一樣帥氣的露娜小姐了。」

「……謝、謝謝。」

這算是她說我「帥氣」的回禮。我揚起笑容注視著她——

她維持低著頭的姿勢不斷往後退去，一停下腳步就隨手從書櫃中拿出一本書，遮掩住自己下半部的臉龐。

「呃，妳沒事吧？」

「我……沒事。」

「真的嗎？」

「請你別在意。」

（就算要我別在意，都這樣拿書遮住臉了……）

雖然不明白她這麼做的意圖，感受到露娜似乎不希望我再多說什麼，我決定換個話題。

「啊，對了、對了，露娜，這星期或下星期的假日，妳要不要跟我一起出去玩？」

「……為、為什麼要突然約我出去玩？」

「我還沒答謝妳請我吃飯啊。雖說是回禮，我當然不是心不甘情不願地約妳喔。」

「原因……我明白了。可是回禮用其他方式就可以了。就算跟我出去，你也不會玩得開心喔。」

「咦？光是像這樣跟妳聊天就很開心了，出去玩怎麼可能會不開心。」

「唔！」

「怎、怎麼了？我沒說什麼奇怪的話吧……」

不知道是不是把我當成怪物看待了，她依然拿書遮著臉，又往後退了一步。

「請給我一天……不，給我兩天的時間考慮一下。」

「好啊。那我就等妳的回覆。」

「……好的。那麼，我就此告辭了。」

「啊，妳忘記拿經營學的書……而且我還有事要找妳……！呃，已經不見人影了……」

我都還來不及留住她，就已經離開這個地方了。

（原來露娜可以那麼敏捷地移動啊……）

雖然她應該不是真的覺得睏，每次都看她一副睡眼惺忪的模樣，因此這個狀況讓我感到驚愕。

下午的課程也結束之後，就在我跟希雅一起離開學園步上歸途之際——

「啦啦啦～」

她踏著輕盈的腳步，哼著難以說是拿手……總之節奏獨特的曲調。

「希雅，發生什麼好事了嗎？感覺妳的心情好像很好。」

「唔！您、您竟然看得出來……」

「是啊……」

（看到這副模樣，應該任誰都看得出來吧……周遭的學生也都像在說「應該是有什麼好事吧」一樣，對她投以溫暖的眼神。）

她應該沒有想過別人會怎麼看待自己吧，只見她真的嚇了一跳。

說不定就連哼歌也是下意識的舉動。

「所以，妳遇到了什麼好事嗎？」

「就是啊，有人來找我，要我轉達對貝雷特少爺的感謝之情喔……！」

「感謝我？」

「是的！」

她睜大一雙藍色眼睛，語帶興奮地這麼說。那張小巧的臉蛋也湊近過來。

「啊，那個……他請我轉達給您的，是『容我再次感謝陪同商量的那件事』！而且還是那一位人物，當他前來時我真的嚇了一大跳！這讓我覺得與有榮焉呢！嘿嘿嘿……」

「是、是喔……」

「謝謝您讓我體會到這樣的心情！」

看她遮著嘴邊竊笑不停的模樣，比起感到莞爾，更讓我感覺到焦急。

會論及「商量的那件事」，想必只有那一人了。

而且從希雅這麼說的口氣判斷，她確實知道我連名字都不曉得的那個人的身分。

『雖然伯爵之間有權力分配不均的問題，他的家系可是位於伯爵之首，你應該也很清楚才對吧？』

既然連侍女都知道是誰，露娜的那番話更添分量。

（看、看來只能在對話中自然問出來了……何況今天到頭來也沒向露娜問出答案……）

希雅都說自己的事讓她覺得「與有榮焉」了。

既然如此，我說不出「其實我不知道他是誰耶」這種話。要是被她發現了，想必會大失所望吧。

「呃……話說回來，是誰請妳轉達的啊？」

「是亞倫先生！」

「喔喔～是他啊！那個紅色頭髮的人？」

「對！」

「然後眼睛是紫色的！」

「沒錯！」

「伯爵家的！」

「就是艾蕾娜小姐的弟弟！」

「嗯嗯嗯什麼！」

很順利問出他的名字。也輕鬆知曉了他的情報。整個過程一如計畫地發展，並且在問得起勁的時候被擺了一道。

聽到這句衝擊性的發言，使我不禁停下腳步。

（真、真的假的？他們確實有相似之處……原來他就是艾蕾娜的弟弟啊。是個超級大帥哥耶……不過艾蕾娜也是個大美人，一點都不奇怪就是了。）

換句話說，我從艾蕾娜口中知曉她弟弟在煩惱的事情，之後立刻就陪她弟弟商量了。

事情未免太巧了。

「那個，貝、貝雷特少爺為什麼要這麼驚訝呢？難道您原本不曉得他是誰嗎？」

「沒有啊～我當然知道嘍。」

「說、說得也是呢！對不起，我說了奇怪的話！這點事情您當然知道嘛！」

「嗯、嗯……」

大概是說謊的代價吧，她沒有那個意思，卻把我嘲諷了一番。

就像脾氣很好的人一旦生氣就很可怕一樣，從平常總是那麼溫柔又真誠地支持著我的希雅口中說出的嘲諷，讓我大受打擊。

假如這個話題繼續下去，說不定會傷透我的心。為了自保，我決定儘快換個話題。

「話、話說回來，我最近可能會出去玩，希雅，妳有什麼推薦的地方嗎？我在這方面不太了解。」

「遊玩的地方嗎？確實有很多，請問您要跟多少人一起去呢？」

「預定是兩個人喔。我跟一個叫露娜的女生。」

「咦……」

就在我提起這個名字的瞬間，這次換成希雅停下腳步。她難掩動搖的表情注視著我。

「是、是那位……那位露娜小姐嗎？男爵家的三女，學園之中唯一可以到圖書館上學的那位……」

「對對對。」

（光是聽到名字就能說出這麼多情報……真不愧是希雅。）

就在我為此感到佩服的時候，她說出了一件意料之外的事情。

「那個……雖然很難以啟齒，露娜小姐應該不會跟您出去玩……」

「咦？怎麼說？」

「簡單來講，因為她是個比起遊玩，更喜歡看書的人。」

「嗯，也是……」

一般來說應該很難接受這樣的理由，如果是她就會覺得一點也不奇怪。

「可是啊，只要約她應該就會出來遊玩吧？」

「當、當然也是有這樣的可能，但是大家都知道面對所有邀約，她都會用『請讓我看書』一句話拒絕……因為露娜小姐最重視的就是自己的時間——尤其是看書的時間。」

「……」

「聽說她還曾對男性說過『我一點也不想跟你出去遊玩』。雖然這大概是對方不管被拒絕多少次，都還是一而再再而三地邀約她的關係。」

希雅漂亮的眉毛垂成八字形，露出傷腦筋的表情。

「順帶一提，應該不是露娜小姐主動約您的對吧？」

用疑問句這麼說，催促我產生「假如是這樣！」的念頭，然而很可惜實際並非如此。

「是我約她的呢……因為她有恩於我。」

「……」

露娜至今應該都沒答應過別人的邀約吧。

看她一副過意不去的樣子，我當然也明白她想說什麼了。

「好！希雅，忘了我剛才說的那些事吧。知道嗎？」

「好、好的！」

「那麼我們回家吧！嗯！」

我也不想讓她一直說些難以啟齒的話。

就算知道會被拒絕，並且因此而傷心……現在可是在侍女面前，總不能讓她看見難堪的一面。

總之今晚就一邊淚溼枕頭，一邊想想其他回報她的方式吧。

幕間

當天晚上——

「姊姊！姊姊，妳聽我說……！」

「你、你怎麼了？這樣慌慌張張的。」

看到弟弟才剛回到家就立刻衝過來，艾蕾娜不禁睜大雙眼，馬上停下努力寫作業的手，同時身體轉了個方向。

「那個呀！姊姊說得對，貝雷特先生真的是一個很溫柔的人喔！以後我也絕對不會再誤信謠言了！絕對不會！」

「咦？你、你怎麼突然說起這些……總之你先冷靜下來。」

看他眼睛閃耀著光芒，情緒高昂的模樣，儘管艾蕾娜感到費解，還是輕拍身旁的座位要亞倫坐下，並在喘口氣之後才要他繼續說下去。

「所以，究竟發生什麼事了？你慢慢說，好讓我也聽得懂嘛。」

「嗯、嗯！今天我趁午休時間到圖書館念書的時候——」

進入正題之後，艾蕾娜這才明白亞倫這麼興奮的原因。

「——那時剛好遇到貝雷特先生，他甚至還陪我商量。」

「咦？你說那個貝雷特嗎？呃，那傢伙根本就不是會去圖書館的類型，你是不是認錯人了呢？」

「人家都陪我商量了，怎麼可能還會認錯啊！」

「也、也是啦……」

貝雷特會去圖書館這種事情至今從來沒有聽說過。

會難以想像也是沒辦法的事。

「不過那傢伙……有辦法給你什麼意見嗎？這本來就是很艱深的事情吧？」

「其實我甚至覺得比起我，由貝雷特先生來居上位領導還比較能成功喔。這樣說起來真的很沒出息就是了。」

「真是的，不用這麼謙遜吧？你都努力學習多少年了？當然不可能會輸給他啊。」

「……哈哈，如果真的只是我太謙遜就好了。」

「唔！」

艾蕾娜原本面帶莞爾微笑地想著「還真是你會有的想法」，然而在看到亞倫的苦笑之後就明白了。

他確實不帶任何虛偽，認真將內心所想的話說出口。

「對於我提出的理念，貝雷特先生明確地告訴我會難以實現的部分。聽完之後我沒有絲毫反駁的餘地，而且他也具備比我遼闊好幾倍的視野，更指點出現在這個目標脆弱的地方……我打從心底覺得贏不過他。因為他甚至讓我覺得自己好像在跟父親說話一樣。」

「我、我明白你是認真這麼想，可是……」

知識不足的人終究贏不過知識豐富的人。

艾蕾娜認為他可能是被哄騙了一番，亞倫卻說著「不是那樣喔」，列舉出其他理由。

「我猜他的管理能力可能比常人還要更加優秀。畢竟按照貝雷特先生家的爵位來看，他就算從小就接受這方面的教育也不奇怪。」

「你這邊說的管理，指的是組織營運嗎……？」

「嗯。我之前也跟妳說過，我想經營一間秉持『不浪費食材』這項理念的餐廳對吧？想說在報廢之前盡可能做成料理，免費提供給想填飽肚子都有困難的人。」

「嗯，是啊。」

「貝雷特先生針對這一點是這樣說的。『假設有人吃了你店裡提供的免費料理，跳出來說「因為吃了這個料理，身體狀況變差了」，或是「裡面混入了奇怪的東西」之類的，你要怎麼負責呢？』」

「什、什麼？」

「他還說：『對方的目的在錢，要捏造證據很輕而易舉，就算你對抗到洗刷了冤屈，也肯定會傳出負面謠言。對你的店，更重要的是對你們家來說，會為此產生負面的結果。』」

「等等！才不會發生那種事呢。才不會有……那麼過分的事。」

艾蕾娜不曉得真的有這種例子，也沒見識過背叛的世界。雖然用稍微強烈的話語否定，隨隨便便就被反駁了。

「不，我想這應該是事實。因為相對於貝雷特先生的說法，父親、母親，以及其他餐廳都採取一樣的方針。」

「貝、貝雷特說了什麼啊？」

「『這世上有很多為了一己私欲而利用他人善心的人。無論是什麼樣的世界，都不會只有好人。那些經營者正是因為明白這個道理，才會寧願選擇報廢食材。畢竟要是餐廳的生意不好，就沒辦法照顧到在店裡工作那些員工的生活』……我記得是這樣吧。」

「那個貝雷特……竟然這樣說嗎……？」

艾蕾娜聽到這番話才總算理解。

總算理解亞倫所提出「不浪費食材的方法」的這個理念為什麼會無法實際執行。

「被這麼一說，當然會覺得贏不了他對吧？」

「我無法否認這點呢。」

「通常說不出這麼有條理的話，而且我也從來沒有設想過這一點……儘管如此，我也絕對不打算放棄這個理念。」

「聽到你這樣講，我就放心了。」

她「呵」的一聲，揚起滿面笑容。

「還有啊，貝雷特先生還對我這樣說了喔。『在需要找人商量的時期，不要只是一味地等待，而是要主動找人商量。既然你心中已經有明確的計畫，就要盡可能早點發表出來，然後做出有意義的時間才行』。只是跟他商量了一下，就能這麼精準地說出我的不足之處，貝雷特先生真的好厲害啊。」

「欸，陪你商量的人真的是貝雷特嗎？」

「我就說是他了嘛！」

「抱、抱歉啦。我理智上明白這一點，可是……」

「……說真的，我從來沒想過學園裡竟然還有那樣的人物。」

亞倫在至今依然不敢置信的艾蕾娜身邊，抬頭仰望天花板。

那看起來就像在對浮現於腦海中的貝雷特投以欽羨的眼光一般。

「所以說啊，姊姊，為了不白費貝雷特先生陪我商量的經驗，我今天放學後就到父親的店裡……拜託他早點陪我商量。」

「啊，所以你才會比較晚回家啊？話說你沒被罵嗎！父親不是禁止我們在他工作的時候跑去店裡嗎？」

「反而被稱讚了呢。父親對我說『了不起喔』。我想應該是基於這樣的理由跑去找他的關係吧。」

「這、這樣啊……那就好。」

理所當然地把分內的事情做到好，只要不打破規矩就是個溫柔的父親，然而要是違反了這一點，就會變成令人懼怕的父親。

艾蕾娜的表情本來澈底僵住，不過立刻就換成鬆了一口氣的樣子。

「可是，要是被發現都是多虧有跟那傢伙商量的話，感覺會被罵耶。」

「這個嘛……父親笑著吐槽我：『是誰給你出的主意啊？』他好像都看穿我的行動似的，還說：『要不是有人提供意見，你應該不會做這種事吧？』」

「是、是喔。父親大人還是一樣厲害呢……」

「哈哈，就是說啊。」

足以爬到伯爵頂點的能力，也活用在這種地方。

就這樣，當這個話題結束時，氣氛也和緩下來。

這時候亞倫開口說：

「話說回來，我還真是碰上了如此好運的巧合呢。」

「什麼巧合？」

「姊姊剛才也說過，妳從來沒聽說過貝雷特先生會去圖書館對吧？所以……要是貝雷特先生沒有『剛好』跑去圖書館，我就沒辦法得到這麼珍貴的商量經驗了。」

「……就是說啊。那傢伙剛好……剛好…………啊！」

「姊姊？」

當艾蕾娜這麼反思的時候，她突然察覺到某件事情而驚訝得伸手摀住嘴邊。

正因為艱深的事情談到一個段落，變成閒聊的氣氛，她才終於有辦法進行柔軟的思考。

「亞倫，那件事說不定不是偶然……」

「這、這是什麼意思？」

「……其實啊，我也找貝雷特商量過。在午休時間剛開始的時候，我跟他聊到弟弟因為經營方面的事情而苦惱不已。」

「也、也就是說？」

「也就是說……那個，儘管只是有這個可能，貝雷特說不定料到苦惱的亞倫可能會到圖書館去，所以才會前往圖書館吧……就像你說的一樣，假如貝雷特本來就有在學習經營管理，想必有自信能夠陪人商量一度程度的煩惱吧……」

「唔！這、這麼說來，貝雷特先生遇到我的時候，一臉笑咪咪的樣子……那、那副笑容該不會是『你果然在這裡』的意思吧……」

「根、根本就是這樣啊！」

在貝雷特不知情的地方，產生了不得了的誤會。

「那、那傢伙……明明就陪你商量過了，下午還一副若無其事的樣子……！是在耍什麼帥啊……」

「姊姊的臉好紅……」

「我、我這是在生氣啦！很理所當然吧！」

貝雷特其實並不曉得亞倫的真實身分，而且也只是為了私事而前往圖書館……然而這個誤會成為提升貝雷特好感度的一大契機。

第五章　縮短距離

「欸。」

「……」

「我在叫你。」

「嗯？」

到了隔天，今天早上在教室裡的時候。

當我在一如往常在孤立的狀態下發呆時，旁邊傳來這聲呼喚。

我緩緩轉過頭，看到艾蕾娜彷彿坐立難安的樣子擺弄著戴在脖子上的頸飾。

「啊，早安，艾蕾娜。」

「早、早安。」

「……」

「怎麼，你要說的話就這樣而已嗎？」

「咦？您好？」

「那樣不就是打兩次招呼嗎？唉……」

艾蕾娜自那對薄唇中嘆出一口氣，一副傻眼的樣子看了過來。

她表現出很不甘願的表情，然而我對箇中理由一點頭緒也沒有。

「你還是打算跟昨天一樣裝作若無其事的樣子是吧。很可惜，我已經都聽說了。你陪亞倫商量過了對吧？」

「喔喔，那件事啊。」

「你那是什麼反應啊？既然都陪他商量過了，昨天就先跟我說一聲啊……如此一來要我稱讚你一番也不是不行……」

——悄聲脫口。

她悄聲地喃喃自語，不過我還是確實聽見了。

「抱歉。畢竟事前聽妳說過，確實應該跟妳講一聲才對。」

「你真的這麼想嗎？感覺這句話回得很隨便耶。」

「才、才沒有這回事……」

（還真敏銳……其實是我不曉得他就是艾蕾娜的弟弟，所以才沒有說……）

我並不是刻意不跟她講，而是沒辦法。

「話、話說啊，我想問妳一件事。就是昨天亞倫回家之後……看起來如何？還好嗎？儘管難以啟齒，我對他說了比較嚴苛的話。」

「別擔心。他不但沒有覺得受傷，反而雙眼閃閃發亮地把你稱讚了一番。甚至讓我有點不知道該作何反應才好。」

「這樣啊。那就太好了。」

聽到這個令人開心的回報，我稍稍揚起微笑。

畢竟昨天我還反省著「應該要換個好一點的說法」。

如此一來內心煩悶的心情也豁然開朗了。

「欸、欸……那個……貝雷特？」

「嗯？總覺得妳這樣講話好像希雅喔。」

「別鬧了，小心我打你喔。」

「對不起啦。」

「……總、總而言之，謝謝你。在聽了我的煩惱之後，竟然為了陪亞倫商量而特地跑去找他……」

不知道可以說這樣的說法很有她的風格嗎，她感覺有點害臊地用隨便的語氣道謝。

可是這番謝詞有個地方我不太了解。

「呃，妳指的是什麼？」

（我並沒有特地去找亞倫啊……再說本來就是碰巧遇到……）

「一講到這點，你果然就會裝傻呢。不過沒用喔。畢竟除此之外，你不是沒有其他會去圖書館的理由嗎？」

「……」

（我是為了還書跟有事找露娜，才會去圖書館就是了……）

「欸，你至今一直都是這樣掩飾過去的嗎？做了值得受人誇獎的事，沒必要低調到這種地步吧？」

（怎、怎麼辦？我真的跟不上她的話題……）

要是再這樣裝傻下去，話題肯定會變得更複雜。

總而言之，就挑出現在可以理解的地方，讓對話順利進行下去好了。

「雖然妳覺得這是『值得受人誇獎的事』，我也不是為了得到答謝才陪他商量，所以沒必要讓周遭的人知道。」

（何況那個時候我只是拚命不讓他問起「你知道我是誰吧？」而已。）

「哦～這樣講很煞有其事，可是以你的狀況來說，反而有必要讓周遭的人都知道吧？明明負面傳聞滿天飛，你在耍什麼帥啦。」

「哈、哈哈哈。這樣說也有道理耶。」

「真是的……」

我自認說了理所當然的話，不過作為負面傳聞不斷的貝雷特活著的現在，就會受到這番正確的言論直擊。

「總之，我先跟你說一聲，我父親已經看中你了。」

「為什麼會變成這樣？」

「因為你給了亞倫很精準的建議啊。他把那件事情告訴父親大人了。而且不只這樣，父親大人甚至跑來問我『貝雷特是個什麼樣的男人？妳跟我說詳細一點』。他還是第一次像這樣跟我打聽一個人。」

「什麼意思啊，感覺很可怕耶。」

「我、我姑且……幫你說了好話。你可要感謝我喔。」

「這點讓我很開心，可是不說那些引人注目的事也行吧？不如說，妳照實說出我的缺點也沒關係。」

艾蕾娜的父親高居伯爵之首。

沒什麼比被這樣的對象看中還更令人害怕的事了。我表達出坦率的想法後，她不知為何睜大雙眼，露出驚訝的表情。

「唔！你……真的很聰明呢。」

「什麼？」

「父親說，『當妳說出這件事，貝雷特要是還是作出貶低自身評價的回應，那他就更是個聰明的男人』。因為越是有能力的人，就越會被交付工作，既然肩上扛著重擔，就會表現得比較低調。」

「才、才沒有這回事呢。」

「——然後，一旦聽人這樣說，就會毫無根據地否認的樣子喔。父親這麼說。」

「那個……」

（呃，說得好像有千里眼一樣……我確實因為有之前的記憶，所以比其他人還要有優勢沒錯啦……）

光只是像這樣聽她轉述，我覺得一切就像都被看透似的，有種毛骨悚然的感覺。

「父親說如果真的像他講的這樣就要跟他回報，可是沒想到居然全部都說中了……」

「不，我也沒有多聰明啦。」

「越聰明的人就越是會擺出學習的姿態，總是想吸收新的事物，所以才會那樣想的樣子。這也是父親說的就是了。」

「是、是喔……」

（所以為什麼話題會這樣連結過來啊！）

我並沒有總是想吸收新的事物。這一切都是誤會。

「話說回來，你也無從否認自己是個聰明人吧？畢竟你都能陪亞倫商量那些專業問題，還給他建議了。」

她說得很理所當然，甚至沒有任何懷疑自己想法的態度。

「我有件事想請教一下，妳父親究竟想做什麼呢……？還要妳在他說中時回報……」

「我也無從想像他的盤算，可是可能是想要締結婚約吧？也就是所謂的策略結婚。」

「咦？跟誰？」

「……跟你啊。」

艾蕾娜纖細的手指先指向我，接著──

「你跟我。」

一臉理所當然的模樣指向自己。

「啥！」

「你那是什麼反應啊？是對我有什麼不滿嗎？別看我這樣，可是有很多貴族都爭相向我求婚耶。」

「不，我不是那個意思。」

策略結婚這種事，對於轉生過來的自己來說真的沒有什麼實感。

「可是艾蕾娜這樣好嗎？我的負面傳聞滿天飛耶？妳明明只要反對就好。」

「我、我就是搞砸了嘛。既然你這麼聰明，那就識相一點啊……」

「不不不，我想像不到妳搞砸了什麼好嗎？」

我對著賭氣紅著臉頰的艾蕾娜冷靜地拋出這樣的吐槽。真的只能用不可思議來形容。

「我、我不想說。」

「既然妳都搞砸了，就請負起責任告訴我。」

「討厭……好啦。」

大概是把別人也捲入其中了，她很坦率地答應我的要求。

艾蕾娜交疊起纖細的雙臂，目光游移地對我說：

「就、就是……我之前開玩笑地跟弟弟說，『會答應幫助亞倫的人的求婚』之類的話，而他好像把這件事跟父親講了……亞倫也真是的，自從你陪他商量之後，他好像就變得很崇拜你的樣子。」

「哇啊，結果是艾蕾娜的錯嘛。」

「都是亞倫害的啦！只要他別告訴父親就沒事了！」

「最壞的是提議的人吧～而且那種自我犧牲不是值得稱讚的事。」

「你、你也不用這樣責備我吧……因為我就是那麼想幫上亞倫的忙啊……」

艾蕾娜感覺有些鬧彆扭地嘛起嘴巴，放下交疊的雙手開始用食指一圈圈捲起自己漂亮的紅髮。

「也是啦……願意這樣做的姊姊確實很了不起。而且我也喜歡那樣的決心。」

「……」

「等等，妳在這個狀況下不作任何回應，反而感覺很難為情耶。」

在我對上她的眼這麼抱怨的瞬間，原本睜大眼睛愣住的艾蕾娜才恢復平常的態度。

「我、我不是為了想被你稱讚，才那樣說喔。你可別誤會了。」

「我才不會產生那樣的誤會。」

（果然還是這樣的態度最適合艾蕾娜……）

一般或許可以說那樣的態度是盛氣凌人，她的厲害之處就在於不會讓人感到不快。

「嗯？」

「……唔嗯嗯。總而言之！這個給你。」

突然改變話題之後，艾蕾娜把手伸進口袋，將三個放著某種東西的包裝紙遞過來。

「這是什麼？」

「…………巧克力。」

她態度依然高傲地對我說：

「總而言之，這些是昨天的回禮……謝謝你幫助亞倫。要是合你的胃口，下次我再帶更多過來。」

「哈哈哈，不客氣。有這個當回禮就已經很足夠了。」

「哼！」

以一聲冷哼作結，艾蕾娜在我身旁坐下。

這樣的她給我的巧克力，不知道是不是接觸到自己體溫的關係，稍微有點融化了。

在那之後，就跟平常一樣迎來了午休時間。

「欸，你自己一個人吃飯不會覺得寂寞嗎？那樣一點都不開心吧？」

當我在教室裡拿出自己帶來的便當時，準備前往學生餐廳的艾蕾娜拋出揭人瘡疤的話。

「我也不是無論被說什麼都不會受傷的人喔，艾蕾娜小姐？」

「我、我也沒有要傷害你的意思啊！你別誤會了。」

「那就好……所以呢，妳想說什麼？」

「我、我想說的是，那個……你也不用特地自己帶便當吧？就是因為你都自己在教室吃飯，才會總是孤單一人喔。」

「就算去學生餐廳吃飯，也不會改變這個事實啦。」

「你怎麼會在這種時候忘記有我這個人呢……這點小事，我可以陪你啊。儘管有些無可奈何。」

她在「哼！」一聲撇過頭去的同時，說出令人感激的話。

「哦?那妳也自己帶便當來，問題就迎刃而解了呢。」

「你、你什麼意思啊……」

既然其他人有可能會像鳥獸散一樣避開，我就絕對不想去學生餐廳吃飯。

正因為我不能改變自己的行動，只好改變對方的行動了。雖然我嘗試說出這種過分的言論，她不知為何沒有表現出反抗。

她的眼神游移了一下，並且快速地眨了眨眼。

「這、這個意思……是在約我嗎？」

「當然。」

「……我想你不會，可是你應該沒把今天早上說的事情當真吧?就是父親想讓你跟我締結婚約的事。」

「跟那件事無關吧？」

「我的意思是，你該不會是在盤算既然難以割捨盧克萊爾家的權力，總之還是跟我維持良好關係當作備胎這種事啦。」

她對我投以「你從實招來」的眼神，不過我沒在想那種事情。不，那樣想也沒有意義。

（不過，換作是以前的貝雷特，就算有這種想法或許也不奇怪，可是——）

「我跟艾蕾娜本來就很要好吧？做那種事一點意義也沒有，而且我也不想抱持什麼盤算跟妳相處。」

「唔！」

「咦？等等，看妳那種反應，該不會只有我覺得我們很要好吧？如果是那樣，我就真的說了很難為情的話……」

「沒、沒有啦……我也這樣想。就是……我們很要好……」

剛才那樣的脅迫感頓時煙消雲散。她縮起身子點頭同意我的說法。

讓我瞬間鬆了一口氣。

「我、我的意思是……『你該不會因為介意婚約的事，而想跟我更進一步？』」

「哈哈哈，原來如此。妳也不用那麼害羞吧？我沒有當真啦。」

「你、你這傢伙，昨天也是這樣捉弄我對吧……我要生氣了喔。」

「那、那真是抱歉了。」

（總覺得她已經在生氣了……）

要是脫口說出這樣的心聲，想必會讓她的心情變得更差吧。

「唉……算了。總之我會考慮一下啦。可是一星期頂多三次左右。」

「可以陪我這麼多次嗎！」

「唔，那兩次就好。不然好像我很期待一樣，感覺很不爽。」

「那、那還真是可惜……」

（早知道就不要多嘴了……）

就像她一開始說的一樣，一個人吃飯確實很寂寞，而且吃得一點也不開心。少了一次真的只讓我感到相當遺憾。

「……啊，可是我現在才想到，如果艾蕾娜陪我吃飯，希雅會不會因此而落單啊？要是會的話，那還是再減少次數——」

「啥？你在說什麼啊？」

我覺得自己只是說了身為主人很理所當然的話，然而她對我露出相當傻眼的表情。

「只要與她為敵，就會在學園待不下去——這是眾所皆知的事吧？希雅可是學園中朋友最多的人喔。」

「這、這樣啊……」

儘管我有些意外，老實說這點無庸置疑。

聽她這樣講我才會意過來。依照希雅的人品和個性來看，她不可能交不到什麼朋友。

「你還能像這樣來學園上課，是多虧了出身侯爵家以及希雅主人的身分喔？要不是有這兩個原因，你早就被其他人擊垮了。」

「希雅打算控制這所學園嗎……」

「你讓她自由活動之後，她也更能加深與朋友之間的情誼，就算沒那個意思，應該也會變成那樣吧。」

散發出療癒人心的氛圍，既體貼又開朗，卻又柔弱到好像敲一下她的頭，就會「哇啊～」地飛走一樣的希雅。

假如以遊戲世界來舉例，她就像可以輕輕鬆鬆賺到經驗值的那種人……只要出手攻擊，她的夥伴就會瞬間聚集起來，遭到幾倍，甚至幾十倍的反擊。照這樣看來，確實就跟隱藏頭目是一樣的存在。

「真、真不愧是希雅耶……」

就在我重新體認到她的厲害時——

「那、那個……在、在在在在兩位交談時打擾真的非常抱歉！」

「嗯？」

「貝、貝、貝貝貝雷特．賽托佛德先生！露娜．潘連梅爾小姐來找您……！」

「咦，露娜嗎？」

一位班上的同學害怕不已地跑來找我說話。
聽到那句話，我朝教室門口看去，只見雙手抱著三本書的露娜，帶著依舊睡眼惺忪的表情朝我這邊看來。
「謝謝你告訴我。真是幫了大忙。」
「啊！不客氣！那那那我先告辭了！」
對同學道謝後，對方就像音速般快步逃開了。
（他究竟聽到了什麼樣的傳聞呢……竟然會那樣害怕到非比尋常……）
既然已經認清自己的現況，確實就不會覺得驚訝，不過還是會受到打擊。
「啊，露娜來找我，那我先過去嘍。」
「貝雷特……你竟然認識她嗎！」
「這沒什麼好驚訝的吧？露娜也是學園的學生啊。」
我不知道她為什麼會作出這樣的反應，但是我說出自己的想法之後，就朝露娜走去。
「昨天才見過面呢，貝雷特．賽托佛德。」
「嗯，昨天才見過。」
面無表情、單調的聲音，以及雙手抱著書。眼前是已經看慣的身影。
「今天我有事找你，所以就過來這裡了。不過，在進入正題之前，可以先問你一件事嗎？我剛好有點在意。」

「好啊。」

聽到我答應之後，露娜轉動頭朝艾蕾娜的方向看去。

「你們很要好呢。」

「是啊。應該是最要好的吧。」

「……這樣啊。你跟艾蕾娜小姐是最要好的啊？」

「嗯、嗯？」

（總覺得她這麼說的語氣好像有點帶刺……不，應該是我的錯覺吧。）

「最要好的原因，在於你跟艾蕾娜小姐是兩家族之間相互往來嗎？」

「也不是那樣，只是在教室裡就只有艾蕾娜會跟我說話而已。」

「為什麼呢？你是個親切的人啊。」

「露娜，妳忘了嗎……？我的負面傳聞滿天飛耶。」

「……我忘了。這麼說來確實如此。」

我語帶玩笑地說完，她維持一本正經的表情點了點頭。

「我總算明白為什麼有人會對我投以同情的眼光了。大家應該是以為我被威脅了吧。」

「總覺得很抱歉呢。」

「不，畢竟是我自己跑來找你的。」

露娜微微搖了搖頭。進入正題之前，閒聊到這邊就夠了吧。也為了不占據太多她的時間，我主動切入重點。

「所以說，妳來找我有什麼事嗎？」

「我來答覆你昨天邀約我的那件事。」

「唔，妳不是說想要考慮個一兩天嗎？」

「因為我昨天就決定好了。」

在我們這麼交談的期間，腦海裡跟著浮現……

『那個……雖然很難以啟齒，露娜小姐應該不會跟您出去遊玩……』

『簡單來講，因為她是個比起遊玩，更喜歡看書的人。』

『大家都知道面對所有邀約，她都會用「請讓我看書」一句話拒絕……』

希雅一臉傷腦筋地說過這些話。

「……」

我知道一定會被她拒絕。多虧希雅，我從昨天就做足了心理準備。

正因為如此，聽到她的回應時，我才會嚇得目瞪口呆……

「我接受你的邀約。無論是這星期還是下星期都可以。」

「咦？」

「我說，我接受你的邀約。」

「可、可以嗎！」

「你為什麼這麼驚訝？是你約我出去的吧？」

「是沒錯啦，可是我聽說妳都會拒絕別人找妳遊玩的邀約。」

「那是因為……時間和場合不對。不行嗎？」

「不不不，沒這回事！哎呀，真是太開心了。我還以為妳會拒絕。」

「這……樣啊。」

（總覺得……露娜好像也很開心……？）

可是她的表情和語調都沒有改變。這應該也是我誤會了吧。

「貝雷特．賽托佛德，既然要出去遊玩，我有一件事想拜託你。我平常放假的時候也都看書度過，對於遊玩的地方一點頭緒也沒有，所以可以全部交給你嗎？」

她稍微睜大雙眼，眼神堅定地凝視著我。這也傳達出她「一定要交給你」的決心。

「哈哈哈，既然是我約妳，當然全部交給我沒問題。」

「謝謝。那麼，日期和時間也由你來決定吧。我除了看書以外不會有其他安排，所以可以配合你。」

「我知道了。」

「那麼，我要找你的事情就這樣，先走了。」

露娜低頭致意之後往後退了一步，馬上就準備要離開。

「啊，露娜，最後我想問妳一件事。」

「請說。」

「妳手上抱著的是什麼樣的書？上次妳推薦給我看的那本很有趣，所以我有點在意。」

「這不是娛樂類型的書喔。」

「啊，是這樣啊？」

「對。以我個人來說是滿難為情的東西，所以不會告訴你。那麼再會。」

「啊，嗯。」

大概是不希望我追究下去，露娜立刻就轉過身快步離開了。

（總覺得好像瞄到了時裝之類的字眼……？不過那應該沒有會讓人覺得難為情的要素，究竟是什麼樣的書呢……聽她那樣講，反而更令人在意了……）

就在我看著露娜的背影這麼思考的時候——

「喂、喂。」

「哇啊！嚇死我了。」

有人輕拍我的肩膀。

我轉頭一看，只見噘起嘴、感覺有話想說的艾蕾娜站在身後。

「你幹嘛看人家看到入迷啊？」

「才不是那樣……」

「哼！反正我不在乎就是了。」

艾蕾娜態度高傲地說完，換了個語氣開啟別的話題。

「……原來露娜小姐也知道你的本性啊。我還以為只有我跟希雅了解而已。」

「什麼本性？」

「如果你是裝作不知道，我要生氣了喔。」

「我才不是那個意思。」

「唉……」

或許有傳達出我並不是在胡鬧吧。她傻眼地嘆了一口氣之後，語調有點生硬地說：

「該、該怎麼說呢……就是個好人？……那種感覺啦。」

「哈、哈哈哈。我不知道露娜是不是這樣看待我，可是她會推薦書給我喔。」

「或許是吧。畢竟我看你也跟她聊得很開心的樣子。」

「嗯？露娜應該看不出來吧？而且她也只會跟我說必要的事情而已。」

沒有忽視「也」這個說法，理所當然地這麼回應之後，竟然得到了一個令人難以置信的意見。

「在我看來，她感覺比較樂在其中就是了。」

「咦？艾蕾娜，妳剛才看到的人是露娜對吧？沒有認錯人嗎？」

「你這是在拐彎抹角地罵我眼瞎嗎？」

「才不是！」

我怎麼會對伯爵家之首的千金說這種壞話。

而且為了強調這是誤會，我還一邊揮著手說明。

「呃，因為她可是露娜喔？妳真的看得出來她樂在其中嗎？」

「我也一樣看不出來啦。」

她似乎聽出我想問的是「從那張撲克臉跟沒有抑揚頓挫的語調可以判斷得出來嗎？」，便同樣沒有直說，同時也否定了這個問題。

「可是我還是第一次看到她跟人說話說這麼久。據我所知，露娜小姐總是講完重點就會立刻閃人喔。」

「咦？」

「而且，我至今從沒見過她主動到校舍找人。因為除了上下學之外，她一步都不會離開圖書館。」

「是、是這樣嗎？不過既然是露娜，確實不奇怪吧……」

縱然一開始感到有些驚訝，冷靜想想就覺得好像不怎麼意外了。

「至於最難以置信的，還是她竟然答應要跟你出去遊玩。」

「唉，這點也讓我嚇一跳喔。而且希雅也跟我說應該會被她拒絕。但是……現在仔細想想，總覺得好像變成勉強她跟我去遊玩的樣子耶。」

「照你的個性來說，你不會做出那種事吧？」

「重點不是個性，而是家世問題吧？露娜好像拒絕過很多人的邀約，可是在那當中我應該是最難以拒絕的吧？畢竟我好歹也是侯爵家的嫡子。」

「是這方面的意思啊。確實比起其他貴族的邀約，你應該比較難拒絕，可是她也不是因此就無法拒絕的軟弱女生吧？」

「如果真的是這樣，那麼我會很開心，不過還有一個原因讓我覺得變得像在勉強她。其實她有恩於我，這次約她算是作為回禮的感覺。所以我才在想，露娜會不會是為了保全我的面子才答應。」

陪亞倫商量之後，露娜說：

『作為一個人讓我感到相當尊敬。』

正因為她是真的這麼想，才更不能不顧及面子拒絕我。而且這個想法也確實合乎情理。
「你這樣講……也是有道理啦，想必是因為她對你抱持好感，這次才會答應邀約喔。」
「如果是這樣就好了……」
「肯定是這樣啦，你放心吧。因為她都朝我瞪……不，沒事。」
「嗯？」
（她剛才是要說露娜「瞪」她嗎？不，露娜怎麼可能那樣做，而且當時在跟她講話的我也不覺得她那樣做了……）
艾蕾娜剛才想講的一定是別的話吧。
「欸，貝雷特，她有沒有跟你說到什麼關於我的事情？」
「我記得……她問我『你們很要好呢』，我就跟她說『是最要好的』而已吧。」
「是喔～我聽了一點也不覺得開心就是了。畢竟你也沒有其他朋友。」
「哈哈，妳說得對。」
艾蕾娜看穿我說的「最要好」背後的意義，便一臉傻眼地看了過來。
那道視線好傷人。
「先不管這個了，你應該是讓她吃醋了吧？明明約好要一起出去遊玩，你卻對她說了『跟我最要好』這種話。」

「吃醋?哈哈，露娜才不會那麼幼稚呢。」

「是嗎?換作是我聽到你那麼說，就會吃醋呢。」

「……」

我明白自己說錯話了。

因為這等同於間接對她說「妳還真幼稚!」一樣。

(怎、怎麼辦?我現在不敢看向艾蕾娜……)

「欸欸欸，會因為那種事情吃醋的我，是不是很幼稚啊?」

壓迫感超強。她講話時的壓迫感實在不得了。

假如我直接作出肯定的回應，一定會被她攻擊。

「那個，呃……我會覺得很可愛。」

「唔，什、什麼!你、你不要太囂張喔，笨蛋……」

「對、對不洗。」

她伸出纖細的指尖使勁捏了我的臉頰。

她氣到整張臉都紅了。

當我說出「幼稚」這種話的時候，就已經明白無論如何自己都會被罵了。

＊＊＊＊

天花板採圓頂狀設計，帶有縱深感；窗戶是大型且橫向並列的彩繪玻璃；水晶吊燈則為了照亮寬敞室內的每一處而設置；以及掛著好幾幅裱框的繪畫。

在這樣即使只是體會氛圍也足以樂在其中，相當金碧輝煌的學園學生餐廳裡——

「那麼，我先告辭了。」

「好的！午餐真的吃得很開心呢！」

「我也覺得很開心！」

「下次有空時請再跟我們一起用餐喔！艾蕾娜小姐！」

「嗯，當然。」

艾蕾娜跟朋友道別，就在要走回教室的途中。

「哇！」

「哎、哎呀。」

碰巧遇上了抱著教科書的希雅。

「好久不見，艾蕾娜小姐！沒想到會在這裡碰到您！」

「呵呵，我也有同感。真是令人開心的巧合呢。」

艾蕾娜簡單打過招呼，將視線往下看去。然後，她看著希雅手中的東西一邊問道：

「話說回來，現在還是午休時間，妳手中抱著這些教科書是怎麼回事？」

「說來慚愧，我課業上有不懂的地方，所以個別去請教了一下。」

「妳真的還是一樣很了不起呢。」

在應付侍女工作的同時，只要遇到不懂的問題，還會花時間去請教。儘管對於她這樣的學習態度深感佩服，艾蕾娜也不禁替她擔心。

「可是我覺得稍微放縱自己也很重要喔？難得妳都有這樣可以自由活動的時間了。」

「謝謝您替我擔心！不過，既然都讓我這麼自由了，得有效運用在學業上才行！」

照希雅的個性來說確實會這樣想，但是身為摯友無論如何都還是會替她操心。

「是這樣沒錯啦，可是好好休息也是有效運用自由時間的一種方法喔。還是貝雷特跟妳說了什麼嗎？」

「才沒有那種事！我是自願採取行動的！」

「既然如此，妳也不用這樣鞭策自己疲憊的身體吧……」

所有貴族都知道侍女過著忙碌的生活。

艾蕾娜想著要怎麼說服她才肯去好好休息，一邊仔細端詳了希雅的臉……驚訝地重重眨了眨眼。

「哎呀？」

希雅的雙眼閃閃發亮，眼下還一點黑眼圈都沒有。而且全身上下還充滿活力的樣子——

「難道……妳並沒有感到疲憊嗎？」

「全都是多虧了貝雷特少爺！嘿嘿嘿……」

「多虧了貝雷特……？」

希雅的這個理由讓人摸不著頭緒。

「可以告訴我是怎麼回事嗎？我對此相當在意。」

「當然好呀！」

能聊起主人的事情，應該讓她感到很開心吧。希雅帶著滿臉笑容點了點頭。

艾蕾娜看到她這副模樣便回以微笑，然後開口切入正題。

「那我就不客氣地問了。希雅，妳為什麼不會覺得累呢？看妳這麼專注於學業，卻還要做侍女的工作，一般來說是不可能的吧？」

「是這樣沒錯，不過我甚至敢保證自己是侍女當中工作最輕鬆的人……」

儘管一雙小手交疊在一起、感覺很過意不去，希雅看起來還是有些自豪。

「艾蕾娜小姐，您沒聽貝雷特少爺說過嗎？」

「是啊。說到那傢伙，就算做了值得稱讚的事情也都很保密。」

「呵呵，看來少爺對除了我以外的人也是這樣呢。是不是那種『我只是做了理所當然的事』的感覺呢？」

「說得沒錯！都不知道他在想些什麼，就只會莫名地耍帥。」

「很帥氣對吧！」

「我、我可沒說到那個地步喔。掩飾良好一面的人感覺就很惹人厭。」

雖然艾蕾娜這樣批判，希雅並沒有表現出反抗的態度。

反而像是察覺她這句話背後的心意，一臉欣喜地繼續說了下去。

「我跟您說喔，我之所以不會覺得疲憊，是貝雷特少爺替我改變了方針的關係。」

「方、方針？」

「對！首先，如果學園的作業還沒完成，就要先做完再工作。還有貝雷特少爺回到房間之後，就是我的自由時間了。」

聽到「就是」這個說法，艾蕾娜的表情變得有些生硬。

那就像在表達「侍女不是大家都能這樣吧……？」的樣子。

「呃，換句話說……他讓妳以學業為優先，然後減少了工作量嗎？普通應該要以侍女工作為優先，而且還必須工作到貝雷特就寢為止對吧？」

「就是這樣！」

大概是著迷於炫耀貝雷特對她的好，只見希雅興奮得像個收到玩偶的小朋友一樣喜不自禁地雀躍不已。

「艾蕾娜小姐！您知道我利用自由時間處理沒做完的工作……會怎麼樣嗎？」

「這……應該會被貝雷特稱讚吧？說『到了自由時間還在工作很了不起』之類的。」

「不，我會被少爺罵！」

「被他罵？」

「少爺會說『明天再處理工作就好了，早點休息』！還特地從寢室出來責備我！」

她臉上洋溢著滿懷的笑容。

不僅如此，她的報告還有後續。

「而且啊！到了隔天早上，原本沒處理完的地方會變得很乾淨。」

「那該不會是……貝雷特幫妳把剩下的地方打掃完了？」

「我只能想到這個可能性。雖然少爺只會一味地說『我不知道』，只有問起這件事的時候，他看起來有點沉著不下來的樣子！」

「這個犯人還真是破綻百出耶。縱然看在希雅眼中，他應該是個很引以為傲的主人。」

「嘿嘿嘿……真的很引以為傲喔！」

儘管她這樣重重地點頭，還是有些害臊地笑彎了眼。

「貝雷特真的都在做些超乎常識的事情耶。希雅，妳班上的同學知道這件事嗎？」

「大家問起的時候我都會回答……所以知道！」

「既然如此，那傢伙在侍女之間應該很受歡迎吧？」

「搞不好喔！每當我說到貝雷特少爺的事情時，身邊都會聚集十個人左右！」

「這、這麼多！」

「因為我班上的同學比起貝雷特少爺的傳聞，都更相信我的說法啊！」

雖然希雅說得一副理所當然的樣子，艾蕾娜立刻就了解大家會這麼想的原因了。

「那絕對都是多虧了希雅喔。妳總是感覺很開心還竊笑個不停地誇讚說『我的主人很厲害喔！』對吧？這樣大家當然會相信妳啊。」

「我、我我我我才沒有竊笑呢！」

「騙人。妳現在的表情，看起來就已經笑到快融化了。」

「唔──！」

若是換成貴族的語言，這樣就像在說人「一臉不檢點的樣子」。

為了不讓周遭的人看到，希雅瞬間用黃白色的頭髮遮住臉龐。

「那麼，我可以問妳一個問題嗎？我也想聽聽希雅的見解。」

「什、什麼事？」

「說到貝雷特啊，他假日好像要去約會喔。跟那個露娜小姐一起。」

「啊？咦……！少爺要去約會嗎！跟露娜小姐嗎！」

希雅驚訝到了極點。她睜大雙眼，上半身還向後仰去。

告訴貝雷特「露娜不會出去遊玩」這件事的當事人，就像這樣得知了這件事。

「沒錯。真沒想到貝雷特居然認識露娜小姐，甚至還約她出去遊玩……」

「露娜小姐是寫信回覆對吧？艾蕾娜小姐，您仔細確認過內容了嗎？」

「該說確認嗎……我親耳聽到了呢。在我們的教室裡。」

「咦？」

「我講得太不清楚了呢，對不起。露娜小姐來到我們的教室了喲。」

「咦、咦咦咦咦！」

除了上下學之外，從來不會踏出圖書館的「書蟲才女」露娜，希雅也知道她的事情。

正因為知道，才會遲遲難以置信。

「果然會作出這樣的反應呢。我們班上其他人也全都大吃一驚。」

「那、那個，露娜小姐是不是……喜、喜歡貝雷特少爺呢……？」

「肯定抱有好感吧。不過比起喜歡，可能還處於在意他這個人的階段吧。儘管貝雷特說

『是為了保全我的面子』，對方可是最看重獨處時間的露娜小姐喔？才不會有那種事呢。」

「而且大家都知道她拒絕了所有邀約……」

「甚至還傳出『反正絕對會被拒絕，約她也是白費』這種名言呢。」

「唔～……」

兩人知道的情報並沒有出入。如此一來，果然露娜喜歡貝雷特的可能性非常高。

希雅苦惱地低吟。

「而且，她還朝我瞪了一眼喔。」

「瞪──！」

「儘管這是女人的直覺，有種因為跟他同班就對我產生『很狡猾』或『很羨慕』之類的感覺。」

「唔唔唔……」

聽到這個追加的情報，希雅更加苦惱。

「呵呵，就算是妳這樣穩重的人，也會感到嫉妒呢。」

「啊……！才、才沒有那種事……！我的職責就是不能給貝雷特少爺添麻煩，要誠心誠意地服侍他！」

「妳的表情跟說的話完全不一致喔。感覺像在生氣一樣皺著臉。」

「……」

要是產生嫉妒般的心情，會讓主人傷腦筋。

這當然是侍女不能流露的情感，也必須深藏在心裡才行，然而年僅十六歲，個性又單純的希雅還學不會這種事情。

照她的個性看來，這也是最不適合她的一種能力。

「希雅，我不會跟任何人說，妳就坦率點講出來吧。」

「……我不希望貝雷特少爺這麼快就交到戀人……」

在這樣催促的艾蕾娜看來……幾乎沒有間隔多少時間，鼓著臉頰的希雅馬上就回答了。

「哎呀，回答得真直接呢。」

「非、非常抱歉！」

「沒關係啊，呵呵。所以呢，妳為什麼不希望他交到戀人？」

「因、因為……這樣少爺陪伴我的時間就會減少了……」

「咦？」

對於帶有「是因為這樣嗎？」這個意思的反問，希雅傾訴自己的心意。

「假如貝雷特少爺交到戀人，我就不能一起上下學了。也不會再有在宅邸裡說話的時間。我不喜歡那樣……」

他已經不是以前那個貝雷特了。

兩人之間縮短了距離，建立起親近的關係。

對於努力至今總算得到回報的希雅來說，現在是最開心的時刻。她的真實感受就是，她想守護住屬於自己跟貝雷特相處的時間。

「真是可愛的理由呢。我就從來沒想過那種事。」

「那麼，艾蕾娜小姐，您又是怎麼想的呢？」

「咦……」

「也請跟我說吧，艾蕾娜小姐。在這裡應該要公平才是。」

對於肯定「全校學生皆是平等」的她來說，希雅這樣講一點也沒錯。不，應該說正因為她知道這一點，才會選用這樣的說法。

「這、這只是假設喔。假設……不是約露娜小姐，先來約我也好吧……我也不是沒有這樣想過。」

直到剛才都還在的從容消失，開口說話的聲音也越來越小聲。艾蕾娜的視線游移，紅著臉悄聲說。

平常總是意氣昂揚的她表現出如此忸怩的態度，不免讓人產生疑問。

「那個，艾蕾娜小姐，請問您……喜歡貝雷特少爺嗎？」

「為、為什麼會這樣想啊！」

「因為女人的直覺。」

「……」

現在沒有提及艾蕾娜的表情，都是多虧了希雅全方面的顧慮。

要是貝雷特此時在場，應該會作出「妳的臉好紅喔……是發燒了嗎？」這種惹人生氣的發言。

「我、我跟妳說，我、我並不是喜歡那傢伙什麼的喔。」

「真的嗎？」

「對啊。」

「真的是真的嗎？」

「……」

希雅甚至連眼睛都不眨地注視著艾蕾娜。

「拜、拜託妳別用那種眼神看我啦……我真的不是喜歡他，只是……老實說，確實在想他作為對象也可以……」

敗給沉默的追問，依然擺出高傲態度隔著窗戶看向外頭景色的艾蕾娜，垂下眼尾繼續說了下去。

「希雅，我想妳應該也知道，以我的立場來說，有可能要跟素未謀面、不知道具有什麼樣個性……而且自己不喜歡的人結婚。」

「也就是策略結婚對吧。」

「是啊。我現在還是學生，所以才能拒絕求婚，可是嫁出去是我的職責，未來這種做法肯定不會管用。所以如果可以儘早找到對象比較好吧……？這樣講滿令人害臊的，我希望能邂逅我會喜歡上的人。」

結婚代表要跟對方共度一生。而且想跟喜歡的人白頭偕老，也是任何人都會有的願望。

「希雅，我就特別告訴妳吧……就現階段來說，我的第一人選……就是那傢伙。」

「唔——！」

「妳、妳也用不著那麼驚訝吧……？儘管之前對他有所誤解，那傢伙應該是個滿不錯的男人吧……個性謙虛，對待身分較低的人也相當體貼，不會作出要求回報的舉動，而且還很聰明。不、不過呢，他有時不太識相，又會擺出囂張的態度，更會莫名地耍帥，不過很值得信賴……」

偏偏這些不是能坦率說出口的內容。艾蕾娜頂著一張生氣的表情補上一句：「這足以當作第一人選了吧？」

「所以……對於那傢伙要去約會這件事，多少還是有點嫉妒。儘管這樣的感情很醜陋，要是露娜小姐看男人的眼光沒這麼好就好了……」

「聽您這麼說，我也覺得很自豪。不過我還是堅決反對貝雷特少爺交到戀人就是了。」

「對希雅來說，妳希望貝雷特還要過個幾年再交到戀人呢？」

「這個嘛……雖然很難回答……再過一年吧！不對，三年……？不，我看還是六年……不然再過個八年左右好了！」

「我去跟貝雷特打小報告好了。說希雅在找我麻煩。」

「唔！我完全沒有那個意思！」

要是等上八年，就已經是要強制締結策略結婚的時期了。

艾蕾娜會這麼說很理所當然，不過希雅也只是老實回答自己的想法而已。

唯獨這種事，實在無可奈何吧。

「真是的……那傢伙在不知不覺間大受歡迎呢。雖然應該也是因為『其實是個好人』這樣的反差吧。」

「即使如此還是大受歡迎！」

「難道希雅就不想成為那傢伙的戀人嗎？」

「您、您說我嗎！」

話題突然拋到希雅身上。

「因為受到糖果與鞭子最大影響的就是妳了吧？之前都被那麼嚴苛地對待，突然變得這麼溫柔，心理層面來說就算喜歡上他也不奇怪不是嗎？儘管說來難以置信，凡事都會率先覺得錯在自己身上、害怕被人討厭。而且喜歡照顧人的這種類型，應該很容易淪陷吧？」

「……我、我對貝雷特少爺抱持戀慕之情這種事，太令人惶恐了啦！我不像艾蕾娜小姐這樣，身分可是天差地遠！」

她顯得十分慌張。然而，要不是有某個地方被說中，不可能會有這麼好懂的反應。

「儘管確實有身分上的差距，侍女也不是不能成為情婦或側室吧？假如希雅要採取這樣的行動，我也不用等上八年，就能積極地用各種手段確認了呢。」

「唔！」

聽到這樣捉弄的話，慌慌張張的希雅喊出：「但是！」

「我、我還是……不喜歡那樣！」

「這是為什麼？」

「假如我、我有那種想法，會給貝雷特少爺帶來困擾。我是個任性、愛撒嬌，又很會吃醋的人……不適合抱持那樣的心意。」

「呵呵，只是這樣應該沒差吧？」

「咦？」

「貝雷特不會因為這樣就生氣吧？而且無論目的為何，他至今都對妳那麼嚴苛，所以妳向他傾訴一點自己的心意回敬一下並不為過吧？如果有什麼萬一，我絕對會保護妳。」

伯爵家長女的這番話，確實讓希雅感到心安。

「而且，要是那傢伙沒有生氣……事情就會變成妳有『那種想法』也沒問題喔？聽起來不錯吧？」

「啊、啊……那、那樣……」

希雅的臉漸漸紅了起來。這反應就像是想像了關係順利發展時的未來一樣。

「哎呀……妳果然喜歡上他了呢。是糖果與鞭子這招起了效用嗎？」

「才、才沒有那種事！」

這段女子悄悄話，就這麼一直聊到下一堂課開始為止。

第六章　靦腆的約會

在那之後，過了大概兩個星期的某一天。

『貝雷特少爺，今天請您搭配這件帶有刺繡的深藍色西裝。』

『頭髮也整理一下吧。我這就來幫您梳理。』

『要記得喔，請提早二十分鐘抵達約好見面的地方。』

『貝雷特少爺的服裝以及露娜小姐的服裝在街上應該會引人注目，請兩位務必前往治安良好的區域。』

在表現出一絲不苟的態度……不，應該說自從決定好要跟露娜單獨出去玩之後，感覺就有點板著臉的希雅目送下，我抵達教堂附設的一座大型紅磚鐘塔底下。

「……露娜好像還沒到。」

這裡是今天約好要碰面的地方。

環視四周確認沒有看到她的身影後，我抬頭仰望鐘塔。

時間是下午一點十分。

（提早了二十分鐘……確實有按照計畫。）

我確認好時間在附近設置的長椅上坐下後，便為了逃避周遭投來的視線而低下頭去。

（希雅說得對，好像真的很引人注目……而且總覺得特別受到女性注意，應該不是覺得我穿這樣很奇怪吧？何況這還是希雅挑選的……）

儘管相信希雅的眼光，還是覺得很在意。

就在我為了掩飾這樣坐立難安的心情，而搓著大腿的時候——

「——你為什麼要忽視我呢，貝雷特．賽托佛德？」

「咦！」

身旁傳來一道熟悉的嗓音向我攀談。

「我人在這裡耶。」

「抱、抱歉！我剛才看了一下卻沒注意到……妳已經到了啊？」

「對。我坐在後面的長椅上，從你這個位置確實看不太到呢。」

這個沒出息的藉口之所以說得過去，是露娜身材嬌小的關係吧。

實際上是因為露娜散發出的氛圍大為改變，我才會沒注意到。

平常在側邊綁成一束馬尾的她，將一頭青色長髮放了下來，更戴上寬緣的帽子，搭配黑色洋裝及淡黃色大衣。

露娜看起來還是跟平常一樣面無表情且睡眼惺忪，然而那身清純的打扮與出眾的容貌，都十分引人注目。

「露娜，話說妳幾點就在這裡等了？我原本以為妳大概五分鐘前才會來。」

「我剛剛才到。」

「這是真的嗎？妳沒有引用書籍臺詞？」

因為她特別愛看書我才隨口這樣講，沒想到被我說中了。

「你很懂呢。其實我一小時前就到了。」

「咦？那麼久之前嗎？真的很抱歉，讓妳久等了。」

「請別放在心上。我只是不曉得提前多久抵達才比較好的基準而已。下次我會提前二十分鐘。」

「哈、哈哈哈……這件事應該也要先商量好才對呢。」

只要看過愛情小說，應該都能一定程度拿捏得出碰面的時間才對，不過她應該覺得那是虛構故事吧。

還有，她「都會拒絕邀約」的傳聞應該是真的吧……

早知道再訂定得更詳細就好了——我反省了一下。

「那個，在等我來的這段期間……還好嗎？」

「是什麼問題呢？」

「有沒有被人搭訕？因為這身打扮非常適合妳，把頭髮放下來的樣子也很漂亮。」

「……唔！」

露娜突然深深壓低有著寬緣的帽子。

「有沒有被十個人左右搭訕？」

「才、才沒有那麼多。大概四個人左右，但是不知為何所有人都對我嘖了一聲。真是莫名其妙。」

「嘖了一聲？呃……露娜，妳該不會沒有對他們作出任何回應吧？」

因為我了解她的個性，才能作出這樣的預測。

也知道她會面無表情又完全不感興趣地無視的那副模樣。

「當然會無視啊。不但沒有自我介紹，我也不認識對方耶。」

「嗯、嗯——這個狀況確實很微妙，可是還是可以稍微作點反應。像是搖頭之類的。」

「這樣啊。那我還真是做了壞事。」

「不過，我覺得既然有重要的事情要找妳，就應該由對方先主動自我介紹，所以妳沒必要改變自己的想法就是了。」

「是這樣嗎？」

聽到我反反覆覆的意見，露娜歪過頭感到費解。我立刻向她說明這麼做的理由。

「無視不認識的人這樣的應對，看在家人或戀人眼中是能放心的舉動。」

「因為能讓他們相信我，不會答應別人奇怪的邀約嗎？」

「嗯。而且得知妳會果斷拒絕異性的邀約，會覺得很開心。」

「你也是嗎？」

「咦？」

「我在問，你也這麼想嗎？」

她感覺有點搶拍地這麼反問之後，抬起眼注視著我。

「嗯，我也會很開心喔。露娜也這麼想吧？如果我……不對，如果妳喜歡的人被異性搭訕，而且還表現出一副暗自竊喜的樣子，妳應該也會感到不安吧？」

「那樣確實會覺得不太舒服。說不定之後還會警告對方一下。」

「哈哈哈，對吧。所以謝謝妳。明明遇到那麼多狀況，還是採取了令我開心的態度。」

「用不著道謝。畢竟我今天是為了跟你一起共度，所以才會出門。」

「……謝、謝謝。」

（被好好打扮過的露娜這樣講，感覺都不知道要怎麼應對才好……）

看樣子還要花點時間，才能習慣跟平常給人的印象不太一樣的她。

說真的，要是一個不注意，感覺就會看到入迷。

「呃，露娜，我從剛才開始就在想了，妳講話的同時，是不是一點一點地往後退啊？」

「並沒有。」

她的肩頭瞬間抖了一下。不過她還是堅持作出沒這回事的反應。

「啊，難道是因為我這身衣服……有點太花俏了，所以走在我旁邊會覺得難為情嗎？」

「沒有這回事……我、我覺得很好看。」

露娜碰了碰帽子，再次壓低調整後接著繼續說：

「不好意思，讓你誤會了。我只是覺得緊張而已。畢竟之前都沒像這樣跟人約在外面碰面，也沒有跟誰一起出去遊玩過。」

「原、原來如此。」

「而且，我第一次看到你穿便服的樣子……所以還不太習慣。」

「應該很快就會適應了，還是放輕鬆吧？雖然這也是要說給我自己聽，哈哈。」

「好的……請多指教。」

露娜很有禮貌地低頭致意之後，接著問道：

「請問接下來預計要去哪裡呢？」

「我想先去商業區的隆茲大道逛逛。那邊好像販售了很多商品，我想我們應該都能逛得開心。」

「我知道了，那就去那邊吧。」

「嗯！」

確定計畫之後，就在我正要跨步前往目的地時——

露娜作出超乎我預期的舉動。

「那個，請牽著……手吧。」

不知為何她對我伸出自己纖瘦的手。像雪一樣白皙又無瑕的手就這麼伸了過來。

「這是姊姊教我的。她說讓男士陪同護衛時一定要牽著手。」

「……」

（有、有這種規矩嗎？就像下樓梯時似乎會牽手的樣子……不，既然露娜的姊姊都這樣說了，那麼肯定錯不了吧。）

雖然腦中頓時一片空白，我立刻接受這個說詞並換個想法。

「那就不好意思了。」

「……～～唔！」

我招呼一聲之後牽住她白皙的手，微微加重力道不願放開。

我並不是習慣做這些事情，然而要是表現出緊張的樣子，會讓彼此都很尷尬。

我盡可能展現出坦然的態度。

「好，那就走吧。要是有什麼想去的地方，妳也可以隨時告訴我。」

「那……那個，不好意思。還是不要牽手好了。我沒想到會讓人覺得這麼緊張。」

「嗯～？仔細想想這樣比較安全，妳就忍耐一下吧。」

「什……！」

（非常仔細地想了一下真的是這樣。畢竟是我約她出來遊玩，要是露娜有個萬一……）

我怎麼可能有辦法負責？

也包含這層意義在內，希雅才會提出「請務必前往治安良好的區域」這樣的忠告吧。

「貝雷特．賽托佛德……我、我覺得你這麼壞心眼不太好。你就想讓我這麼緊張嗎？」

「這可是露娜提議的喔。」

「討、討厭。」

「哈哈哈。」

她甩了甩手想促使我鬆開，不過我更加加重了一點力道之後，馬上就放棄了。

抵抗的力道真的很柔弱。

後來我們搭上帶篷馬車，抵達熱鬧非凡的商業區。

露娜靜不下來地不斷四處張望。

對於上學時都待在安靜的圖書館，放假時也靜靜地在自己的房間裡看書的她來說，儘管不太習慣這樣熱鬧哄哄的地方，還是覺得很新鮮吧。

「……人潮變得好多。」

「真不愧是商業區呢。」

「就算在這種地方……也要牽著手嗎？」

「不如說正因為人這麼多，牽著手才比較好吧。」

（而且要是在這種地方走散就完了……）

就算走散了，露娜也不會大喊出聲吧。也就是說，她不會告訴我自己人在哪裡。

在這樣人來人往的地方牽著手確實有點羞恥，然而為求平安度過，只能忍耐了。

「我醜話先說在前頭，如果被學園的學生看到我們出來遊玩而傳出奇怪的謠言，我也無法負責喔。」

「一開始說要牽手的人是露娜耶。」

「到了現在還不肯放手的人是你。」

她就像要說「這就是證據」一樣搖了搖牽著的手，以強調自己並沒有使力。

當然，因為我有使力的關係，手並沒有就此分開。

「唉，要是真的傳出謠言，我們就好好努力吧。」

「你的這份從容很惹人厭……雖然不可能，我還真想從你身上得到一半『習慣』謠言的態度。」

「要拿走一半啊？」

「老實說我很想要全部。然後再來取笑你。」

「哈哈哈，真希望妳能放過我耶。」

（而且我也沒有習慣這種事好嗎……只是一想到露娜萬一碰上什麼情況，那股恐懼感就勝過謠言帶來的影響罷了……）

露娜是受到學園特別對待的聰明女生。

在男爵家中肯定也是悉心培育的孩子吧。

不可能隨隨便便就能負起責任。只要想到那種恐怖的事情，當然就會冷靜下來。

如果她跟我站在相同的立場，現在的形勢必定會逆轉。

「呃，可是我也敢保證在那所學園裡，多的是比我還習慣這些事情的貴族喔。不如說，我還算是不習慣的呢。」

「我不相信。」

「因為貴族中有很多男女會偷偷溜出晚宴啊。至於他們都做了些什麼就任憑想像了。」

「唔！」

就在我以貝雷特的記憶為根據說出口的瞬間，露娜猛然抬起頭朝我看了過來。

大概是因為一直都以看書為優先，至今從來沒有參加過晚宴才會這麼驚訝，讓她那雙惺忪的眼波中產生了動搖。

「咦？」

「那、那絕對不可能……我們都還未成年喔？怎麼會做出接吻那種事……」

「不可能會有那麼多人做出那種不知廉恥的事情。」

（不，先等一下。在那個前提下，她想像的是接吻嗎……？而且原來對露娜來說，接吻的基準是要成年啊……）

聽到比預料中還要更加溫和的內容，使我不禁當場愣住。

「你露出那種表情是什麼意思？我可沒說出什麼超乎常理的事喔。」

「是、是沒錯……」

「回答得真是模稜兩可呢。難道你真的跟人接吻了嗎？」

「不，那個……」

（應該說是比接吻更猛的事情吧……）

溜出晚宴之後做的事情頂多是接吻，而且未成年不可能接吻——我沒辦法對抱持這種堅固貞操觀念的露娜說出口。不可能說得出口。

「沒事，抱歉。應該是沒有接吻。嗯。」

「對吧？不可能會做那種事。」

看她一副自信滿滿的樣子，我理解到她是真的這麼想。

「不、不過啊，露娜，愛情小說裡也有描寫到未成年接吻的橋段，那個就沒關係嗎？」

「愛情小說是虛構故事啊。」

「原、原來如此。」

我敢保證。露娜純真的程度絕對跟希雅有得比。

「那麼話說回來，既然如此，溜出晚宴的男女究竟都在做什麼呢？照你的口吻看來，應該不是只有聊天而已吧。」

「……」

「請告訴我。」

（不會吧，等等。真的假的……）

這是不得了的威脅傳球。

既然否定了在露娜的想像中最誇張的行為「接吻」，現在會讓她產生「那麼溜出去要做什麼」這樣的疑問也很理所當然吧。

「呃，是做什麼來著呢……？」

「你一定知道。從你剛才說話的口吻聽來，你不但參加過晚宴，也知道實情如何。」

「哈、哈哈哈……」

「所以會做什麼呢？」

我感受到她天大的探究心。

「呃，就是啊……」

「嗯。」

「那個……就是……」

「就是什麼？」

我實行跟平常一樣的拖延時間戰術，快速地絞盡腦汁。

「就、就是……嗯。對了！會到安靜的地方，一邊賞月一邊聊天啦。有時候也會在那個情境下牽手。」

「原來如此。那感覺相當有趣呢。這樣我也明白你怎麼會這麼習慣牽手了。」

「嗯嗯嗯。」

「也就是說，你身邊的淑女也是一人換過一人嗎？」

「咦？」

（等等，總覺得露娜看過來的眼神好刺人……）

就在這時，她也加重了牽手的力道。

「不，妳誤會了。這是誤會啊！我總是打個招呼就離開了啦。」

「是這樣嗎？不過我聽說晚宴也跟看書一樣有趣。」

「唉，一般來說確實會這樣覺得啦……可是因為我身上那些負面傳聞的關係，根本沒有人會搭理我啊。」

「那我懂了。光是聽你這樣講就能想像那個情景。還真是可憐。」

「欸，露娜，妳是不是覺得有點開心？是不是在幸災樂禍？」

「你多心了。」

露娜搖了搖頭又再次壓低帽子調整，為了遮住自己的表情而低下頭去。

「……那個，請你找個話題吧。晚宴的事也聊完了。」

「喔、喔。那麼就……對了。這麼突然真是抱歉，可以陪我商量一件事嗎？」

「好的。」

「謝謝。啊，在那之前，妳知道希雅這個人嗎？」

「是的。她是你的專屬侍女對吧？怎麼了嗎？」

「總覺得希雅最近變得有點怪怪的。我想她應該沒有生氣，可是態度變得冷漠，應該說感覺有點難以親近吧——」

＊＊＊＊

（……這樣的時光也不錯呢。）

在充滿喧囂的熱鬧商業區當中。

露娜本來因為不習慣這樣的氣氛而感到有些不安，不過光是跟貝雷特牽著手，就能感受到滿滿的安心感。

（有戀人的人，每天都過著這樣的時光啊……老實說……很令人欽羨呢。）

對於只要看書就能感到很充實的露娜來說，今天的出遊是第一次的約會體驗。

（這還是除了看書之外，第二個讓我覺得有時間限制很討厭的事情。）

就在露娜覺得跟看書一樣樂在其中的此時此刻。

「妳知道希雅這個人嗎？」

「是的。她是你的專屬侍女對吧？怎麼了嗎？」

「總覺得希雅最近變得有點怪怪的。我想她應該沒有生氣，可是態度變得冷漠，應該說感覺有點難以親近吧——」

「……」

（雖說對方是侍女，搬出女性的話題來商量還是不太合適吧。雖然照你的個性來說，確實是會那麼擔心。）

煩悶的心情只有一瞬間。

（如果我能好好陪他商量，就有可能跟他變得更加要好吧……可以更勝艾蕾娜小姐。）

聰明的露娜已經將目光放在更遠的地方。她覺得這是個好機會。

「露娜，妳覺得希雅的態度有所轉變的原因會是什麼呢？我覺得原因果然出在我身上吧……儘管我並沒有做出什麼奇怪的事情才對。」

「首先應該要明確回想起來，你在哪一天察覺到她的態度有所轉變。然後再去探究那一天發生了什麼事情。」

「當我覺得不對勁的時候已經過了一段時間，很難確定是哪一天耶……可是我大概知道是跟妳約好要出來遊玩的那陣子。」

「……答案就是這個了吧。」

露娜頓了頓，對著皺起臉來的他說。

「咦？答案就是什麼？」

「因為你跟我……該說是約會嗎？約好單獨出來遊玩，讓她的態度有所改變了吧。」

「換句話說，呃……」

「就是她覺得很羨慕，又或者感到嫉妒的意思。就那個時期看來，除此之外應該就不作他想了。」

「嗯～……」

「從她平常的態度看來很難以想像嗎？」

「對啊。無論什麼事情，希雅都能處理得很完美，就算她心裡真的那樣想，應該也不會表現出來。」

「我問你一件事，希雅應該很仰慕你吧？」

（就我的主觀看來，她沒有不仰慕的理由。）

想也知道他對侍女也一樣體貼。

「應、應該吧……尤其是最近覺得縮短了跟她之間的距離。」

「那就錯不了了。才覺得跟主人變得要好一點了，沒想到就跟人約好要單獨出去遊玩。而且我聽說希雅是一位個性純真的人。即使工作上能處理得很完美，會不禁表現出那樣的態度也不奇怪。」

「聽、聽妳這樣講，我也無從否定了。」

「你還真受歡迎耶。」

「哈哈哈……也不確定是不是真的是那樣。」

見他揚起苦笑的表情，露娜也勾起微笑。

（……專屬侍女竟心生嫉妒嗎？真的很罕見呢。）

通常侍女……尤其是專屬侍女，都是處在任人使喚的立場。無論是什麼樣的命令，都必須服從。

即使如此還會心生嫉妒，就能看出他是個多麼體貼的人了。

「看來『完美無缺小姐』在你面前也顏面盡失呢。」

「完美無缺小姐？」

「你不知道嗎？這是希雅的綽號。」

「咦？是喔！為什麼會是這麼強悍的綽號啊……」

（他似乎真的不知道呢……這就代表周遭的人就是如此對他避而遠之吧。）

露娜對著驚訝不已的他，說出沒有任何誇大的事實。

「因為她無論術科考試還是學科考試，全部都拿滿分。也就是隨從的綜合成績榜首。」

「綜合成績榜首！我從來沒聽她說過這種事情……」

「越是優秀的人，就越不會四處宣揚嘛。不過這也已經眾所皆知就是了。」

（一般來說都會向主人報告自己的成績，可是希雅想必覺得被他稱讚會很害羞吧。我能明白這種心情。畢竟我也是……被他稱讚服裝的時候，真的是害羞到不行。）

這就是暗暗看透的結論。

「那個啊，我想請教露娜，其他貴族挖角像她那樣優秀的侍女，其可能性有多高？」

「是百分之百。此刻從她現在的成績來判斷，畢業之後肯定會拿到進入王宮擔任侍女的推薦函。」

「……這樣啊。」

皺起眉間流露不安地嘟噥的他，感覺有點奇怪。

「你該不會在想，『她說不定會禁不起再三懇求而被其他貴族挖角』這種事情吧？」

「妳、妳還真清楚。希雅這個人就跟她給人的印象一樣……態度總是很溫順，絕對禁不起人家的糾纏。」

「你真的一無所知呢。沒有其他像她那樣頑強的侍女喔。」

「妳說希雅頑強？喔喔，妳是指其他人都會群起幫她的意思嗎？但是那也有弱點吧？像是趁她落單的時候突襲之類的。」

「我指的是她自身個性堅毅。說真的，希雅並不是需要他人保護的侍女喔。」

「怎、怎麼說？」

「因為大概兩個星期前，就是我有事要去你班上找你的那個時候，剛好目睹她被一位男性纏上。」

「什……！」

露娜明確地描述起當時的狀況。

「雖然我聽不清楚對方在對她進行什麼樣的邀約，大概是被一次都不願點頭的她傷到自尊心了吧。就在那名男性想要抓住她的手臂時，希雅甩開對方的手，並威嚇地說『請不要隨便碰我』喔。」

「咦？」

「我本來擔心希雅會不會遇到什麼萬一，目睹到那個情景之後就躲在後方觀望，不過那時就算待在她的背後都能感受到一股殺氣。」

「等、等等，那個女生真的是希雅嗎？」

「我沒有看錯人。看來要是惹惱個性溫和的人，真的會很可怕呢。」

雖然這樣說很奇怪，露娜因為想要幫助她的行動，反而被那股沉重的壓迫感波及。

「但、但是真要說起來，希雅會生氣也很理所當然吧？她明明是專屬侍女，對方卻以為自己有辦法挖角才會上前糾纏。」

「認為她會禁不起糾纏的你，還好意思這麼說。不過，你說得對。無論對誰都溫柔以待的她，面對踐踏尊嚴的對象還是會展現敵意。這樣的她不可能那麼軟弱。」

「聽妳這樣講，感覺希雅比我更受人懼怕耶。」

「她展現敵意的對象應該會這麼想吧。」

「哈哈，也是呢。」

專屬侍女受人懼怕。儘管面對這種狀況，貝雷特還是覺得逗趣得笑了出來。

「看你好像很開心的樣子。」

「一想到她即使落單也能保護自己，當然會開心啦。」

「她必須保護好自己才行。專屬侍女被人瞧不起，就等同於讓你的顏面掃地。」

「啊……所以那也是為了顧及我的顏面嗎……」

「在你感到欽佩不已的時候打斷一下。你要知道讓她產生『想保護這個主人』這種想法的你，也足以令人欽佩喔。」

「哈哈哈……謝謝妳，露娜。」

「不客氣。」

（艾蕾娜小姐……真的很有看人的眼光呢。）

作出回應之後，露娜的腦海中浮現伯爵家那位千金小姐的身影。

「那個，我有一個提議。不妨趁這個機會買個禮物給希雅，你覺得如何呢？她一定會很開心喔。」

「聽起來真不錯耶！」

（一口就答應啊？真的很有你的風格呢。）

要不是懷著強烈的感謝，而且深深替對方著想的話，就沒辦法作出這樣的回應。

在欽羨之餘，同時讓人覺得莞爾。

「呃，要是把時間花在這件事情上，感覺就沒辦法好好答謝露娜了……」

「才沒有這回事。光是像這樣逛街，我就覺得很開心了。而且也有美好的回憶。」

沒錯，這確實是她的真心話。

露娜在壓低帽緣的同時，視線朝兩人牽在一起的手看去。

＊＊＊＊

「多虧有露娜的建議，我才能毫不猶豫地作出決定，謝謝妳。」

「這沒什麼好道謝的。」

雖然露娜搖搖頭否定，她的建議真的帶來了莫大的幫助。

她說「女生都喜歡可以在日常生活中使用的東西」。

還有「以希雅來說，或許滿適合挑選能配戴在身上的單品」。

後來挑選到最後，就買了黃色髮夾以及裝飾有紫色天然石的項鍊。

「露娜，妳真的沒看到想要的東西嗎？」

「對。雖然全都是很棒的商品，卻沒有到想要的程度。」

「這、這樣啊……」

我本來盤算著假如發現她看上哪個商品，就送給她作為回禮，所以才會選擇來到商業區，然而事情沒有這麼順利。

雖然她伸手將商品拿起來端詳，都立刻就放回原本的地方。

露娜完全沒有展露，也沒有讓我感受到絲毫物欲。

「不過來商業區逛街真的非常開心。」

「哈哈哈，那真是太好了。」

「希望她會喜歡你買的禮物。」

「老實說我很擔心她願不願意收下。照希雅的個性看來，她絕對會一邊揮著手婉拒。」

「那就端看你能不能說服她了。畢竟侍女婉拒禮物很理所當然，你應該要顧及這一點，想想該怎麼做才好。」

「也是呢。而且總不能讓她退回我的禮物。」

「請好好加油。」

雖然也要看侍女的個性而定，以希雅來說，應該不會喜歡說著「來，給妳禮物」，直接交給她的方式。

得好好想個儘量別讓她顧慮太多的送禮方式。

「那麼，接下來要去哪裡呢？看你一直往前走的感覺，應該已經決定好目的地了。」

「就快到了。」

我們現在走出商業區的隆茲大道。

朝下一個目的地邁進，在彎彎曲曲的道路上持續走幾十分鐘。

總算可以看到了。

以修道院為原型，堂堂矗立在一大片用地中的三層樓建築物。

這裡就是來館人數絡繹不絕的王立大圖書館。

露娜應該也注意到其存在了吧。

她就像盯上獵物一樣，對其投以熱切的目光。

（……如果她也能對商品作出這樣的反應就好了。）

我不禁苦笑。

「那、那個，在那邊的是王立大圖書館嗎？」

「對啊。妳很感興趣吧？」

「……並、並沒有。」

「真的嗎？」

「對。」

雖然她否認了兩次，牽著的手卻傳來緊緊握住的反應。

大概是因為她自己說過「全部交給你」才會有所顧慮，但是平常就在圖書館到處找書看的露娜，不可能會對這棟大型圖書館不感興趣。

「欸，妳真的不感興趣嗎？我們今天計劃要進去這間圖書館耶。」

「唔！」

聽到我這麼說，她反應很大地倒抽一口氣，接著半眯著眼瞪了過來。

「你應該是看到我的反應才改變計畫吧？」

「不是喔，我打從一開始就打算進去那裡，所以才會走到這邊。」

「我、我不相信。今天是為了要跟你遊玩才外出的。圖書館不同於商業區，並不是玩樂的地方。不僅講話不得不放低音量，也不能將注意力擺在對方身上。你不可能將這種地方排進行程裡。」

「呃，我明白妳的意思啦。」

「那麼，我們前往你本來計劃要去的地方吧。」

露娜拉了拉牽著的手，然而我並沒有跟著她走。

「這裡真的本來就是我們要去的地方喔。只不過我為了給妳驚喜，才沒有事先告訴妳目的地，抱歉。」

「那麼請你告訴我，你為什麼要選擇一點也不適合遊玩的圖書館呢？」

她到現在依然覺得我因為顧慮她才會改變計畫。

可是我真的是照著計畫在進行。就算要闡述理由，我也不會覺得傷腦筋。

「因為圖書館也是可以兩人一起樂在其中的地方啊。」

「……」

「每個人都有不同遊玩的方式，所以我們只要採取適合我們的方式就好。這裡確實不是適合遊玩的地方，可是很適合我們共度一段快樂的時光。」

只是為了想給她驚喜，才會直到最後都沒說出目的地，造成這次的誤會。

見我說明個不停，她先是眨了眨眼，然後漸漸恢復成原本半瞇著眼瞪視的眼神。

「你真的沒有改變計畫嗎？」

「嗯。而且這裡也剛好能當作休息場所嘛。」

「……！」

一聽到「休息場所」這個詞，她的眼神就不禁開始游移。接著，她抬起視線詢問：

「你怎麼知道我累了？」

「這點事情任誰都知道啦。今天不像平常那樣，不但走了很多路，妳應該也因為身處在不熟悉的環境中，而在心情上感到有些疲憊吧。」

「這……這樣啊。不好意思。都怪我體力太差了。」

「這沒什麼好道歉的啦。而且我也很喜歡跟妳一起看書。」

「……」

不知道是不是沒預料到這個答覆，她一再深深壓低帽子調整並點了點頭。

「那麼我們進去吧。」

「那、那個……在那之前我想跟你約定一件事。」

「什麼事？」

「看完書之後……那個……可以再牽住我的手嗎？姊姊跟我說過，不可以讓對方引領得不上不下。」

「當然，我很樂意。」

「謝謝你。我覺得非常開心……」

「嗯、嗯。」

她這麼道謝之後，就在牽住的手上加重了力道。

老實說我很驚訝她會作出這樣的約定……不過這樣對我來說正好。如此一來就能安全地走在路上了。

可是剛才要跟我約定的說法……真的很狡猾，甚至讓我的心狂跳個不已。

（早、早知道我也戴帽子出門就好了……臉好熱……）

一邊這麼想著，我跟露娜一起踏入王立大圖書館。

「快看，貝雷特·賽托佛德。這可是絕版的哲學書。真是太厲害了。」

「哦、哦哦！」

進到館內才幾分鐘，就聽到她興奮地這麼說。

她踩著碎步快走過來，直接將一本不但厚重，光是看到就覺得頭痛起來的艱澀書籍拿給我看。

「真、真厲害呢！」

老實說我完全無法理解那本書，但是為了不讓她有被潑冷水的感覺，我刻意作出誇大的反應。然而，這並不是明智的選擇。

「我、我可不會給你喔。這是我先找到的書。」

「我不會跟妳搶啦！」

沒想到被她誤以為是要跟她搶那本書來看的敵手。

「我不相信。」

「拜託妳相信我吧。」

「……」

該說她作出沉默的抵抗嗎?最後她雙手抱住那本書擺出防禦的姿勢。

我還是第一次看到她這樣展現出占有欲的樣子……真可愛。

「……啊!這是我之前就想看的書……」

不過那樣的相互瞪視?也很快就結束了。

大概是又看到感興趣的書了,她彎下身體從書櫃中再次拖出一本艱澀的書籍。

「我、我的天啊。這邊也有……真是太厲害了。竟然可以免費看到這本書……」

接著又從書櫃中拿出別本書。

轉眼間又追加了兩本。

露娜的雙手中疊著三本書,讓她完全無法再鬆開手。

「那個……請問我可以立刻拿去看嗎?」

「哈哈哈,請請請。」

那雙總是睡眼惺忪的眼睛現在宛如寶石一樣閃閃發亮,她雀躍的心情傳了過來。

「那麼，我也去找找想看的書，妳可以在那邊的閱讀區等我嗎？」

「我明白了。那我先過去了。」

圖書館這樣的地方，就算暫時分頭行動一下，應該也不成問題。

（呃，難道她打算從現在開始看完那三本書嗎……？算了，她高興就好了吧。）

看著露娜很寶貝地抱著書，在閱讀區坐下的身影，我不自覺揚起微笑。

既然她覺得那麼開心，應該算是盡到了答謝的心意吧，不過我剛踏入圖書館的時候，就注意到了一個好東西。

為了不被她發現我是為了那東西而採取行動，我挑在這時前往櫃檯。

然後我對工作人員說：

「那個，不好意思，我想買擺放在那個玻璃櫃裡的四葉草書籤和羽毛書籤。啊，我不是立刻要用，麻煩幫我用盒子裝起來。」

『女生都喜歡可以在日常生活中使用的東西。』

一邊回想她的這個建議，我買下了兩個時髦的金屬製書籤。

傍晚，我們離開了王立大圖書館。

「我覺得十分滿足。」

「聽到妳這麼說，我也覺得很開心。」

我們搭上馬車前往鬧區的途中也聊得很起勁。

「你不會覺得無聊嗎？感覺好像只有我樂在其中。」

「我也很樂在其中啊。更何況除了看書以外，還有很多有趣的事情。」

「有那種事情嗎？」

「那當然。」

我忍不住揚起竊笑。

大概是藏書量比學園圖書館還要更多的關係，讓我得以看到她各種罕見的模樣。

「例如……看著露娜一臉幸福地看書的樣子。」

「唔！」

「還有儘管看書的時間絕對不夠，還是先抱了很多書到座位上的露娜。」

「……」

「可能是發現非常想看的書，明明梯子就擺在旁邊，卻完全沒有發現，拚了命地伸展身體的樣子。」

「…………請別搞錯在圖書館內的樂趣。」

以聰明的她來說，這個反駁實在太沒攻擊性，不過這也無可厚非吧。

畢竟我說的這些全都是事實，她可說沒有任何方式可以反駁。

「都、都是因為你會說這種壞心眼的話，所以才會有那麼多負面傳聞。這就叫做自作孽。你應該要更加提升自我。」

「這、這樣講很傷人耶。」

「這是要回敬你那些壞心眼的話。假若不想再被回敬更多，不要把今天看到的事情告訴任何人。惹惱我的下場可是很恐怖的喔。」

「喔、喔……看來我只能選擇保密到底了。」

「這是聰明的選擇。」

露娜很快就結束這個話題，這時表情一本正經地對著我低下頭。

「怎麼了嗎？」

「……謝謝你帶我去圖書館。雖然沒對你說過，我平常都不會外出，所以一直都很想去那間圖書館看看。」

「妳大可早說啊，不用對我這麼客氣。」

「那裡不是適合遊玩的地方，因此我說不出口。畢竟只要一開始看書，我就會沉浸在自己的世界當中。」

在馬車裡眺望暮黃的天空之後，她跟我對上視線。

「所以，真的很謝謝你。」

「不客氣。說是這麼說，可是我自己也很想去那間圖書館看看，妳就別放在心上了。何況還多的是我很在意的書，因此對我來說也有開心的收穫。」

「你很會這樣閃避話題呢。我很清楚你是優先考慮到我，才會安排這個行程。」

「……」

再怎麼樣也贏不了她看透我心思所斷言的話。

「正因為如此，請讓我給你一句忠告。處世圓滑固然很好，假如不深思閃避的方法，會造成自己將自己逼入絕境的結果喔。」

「逼入什麼絕境？」

「這個嘛，如果我把你的話當真，然後說出『那麼下次再一起去圖書館吧』這樣的回應，你要怎麼辦呢？下次可是直接從早待到晚的長時間行程喔？」

「喔喔，我懂妳的意思了。因為妳是在我自己的煽動下講的，所以我只能答應妳的邀請對吧？」

「沒錯。」

我對著作出好懂說明的露娜說：

「然而對我來說，因為非常歡迎露娜約我，不符合妳舉例的情境就是了呢。」

「……」

「順帶一提，我說的是真的喔。不過，如果要在圖書館從早待到晚，除了看書之外，我還會做一下學園出的作業就是了。」

要從早到晚都在看書，難度實在有點高。這方面還是要請她同意我的意見。

「……既然如此，下次再一起去吧。兩個人一起……去圖書館。」

我對著說得很客氣，不過也像是擠出勇氣才得以開口般緊握著拳頭的露娜點頭回應：

「當然好。」

「說、說好了喔。請你不要毀約。我可是滿心期待。」

「我才要這樣說吧。」

「是我要這樣說。」

「不，我才是。」

「是我。何況你已經毀約過一次了。」

「咦？」

「你說看完書之後……會那樣做的。但是都還不做。」

看到垂下視線的露娜張開放在座椅上的手，我這會兒才總算想起來。

她剛才說過「看完書之後……那個……可以再牽住我的手嗎？」這句話。

「……我、我當然記得！只是一直掌握不到時機而已。」

「那麼請你實現那個約定。」

「嗯、嗯。」

她掌心朝上地放在馬車的座椅上。要跟她牽手，只能像蓋著一樣交疊覆上她的手。

「那就……喏。」

「……嗯。」

包覆住她的手之後，就像在重新確認一樣，露娜口中傳來小小的吐息。

「感、感覺這樣很害羞呢。還是應該說，比起普通地牽手，不覺得這樣好像比較令人害羞嗎？」

「就是……說啊。所以，那個……請你改成觸碰小指就好。」

「咦？那樣才更害羞啦。」

「怎、怎麼會呢？請你想想那樣觸碰的面積。明顯比這樣還要少好幾倍吧？」

「這個道理我懂，可是就手勢的意思來說感覺有點……」

「你又說這種壞心眼的話了。」

「我才沒有！」

為什麼會像這樣招來誤會啊？應該是自己平常的言行舉止害的吧。

「既然你沒有那個意思，那就沒轍……只好由我妥協了。」

「感謝妳的配合。」

「那個，這麼說來我還沒聽你說，請問要在哪裡吃晚餐呢？」

「我想去一間叫『艾斐爾』的餐廳。希雅跟我說那間店離學園很近，而且客群跟評價也都不錯。」

「是個正確的選擇呢。畢竟那是艾蕾娜小姐雙親經營的店。」

「啊，原來是這樣啊。」

「對。是其中一間連鎖店喔。」

「哦，那真是越來越令人期待了。」

肚子也剛好餓了，看來可以盡情享受這頓晚餐。

艾斐爾餐廳——

那是一間燈光調整到有點昏暗、店內統一採用沉穩色調，而且環境相當整潔的餐廳。

沒有任何會胡亂喧鬧的客人，每一位客人都將餐廳的情調維護得相當好，整體充斥著令人舒適的氛圍。

「餐點全都很好吃呢。我覺得非常滿足。」

「那真是太好了。不愧是大家口耳相傳的一間好店。」

在我們吃完包含前菜、湯品、主餐這樣的套餐料理，並在等待甜點送上來的時候。

我滿懷飽足感，享受著跟露娜聊天的時光。

「這麼說來，好久沒跟你一起吃飯了呢。」

「啊，真的耶。是自從第一次在圖書館認識以來吧？」

「是啊。」

「雖然不是現在該說的話，那時露娜給我的三明治真的很好吃喔。」

我直到現在都還記得那個味道。

當我緬懷般說出感想時，露娜歪著頭向我問道：

「你想吃的話，我還能再帶來給你喔。」

「不，還是容我婉拒吧。那樣會給露娜家的僕人們增加工作負擔。」

「這點不用擔心。雖然之前沒告訴你，其實那個三明治是我做的。」

「咦！露娜，妳不只學業優異，還會做料理嗎？」

「並沒有厲害到足以自滿就是了。」

「不，即使如此還是很厲害。而且這種事情竟然沒有交給僕人處理，真的很少見。」

「畢竟身體就是資本。我對於塑造這副身體的料理很感興趣。」

「哈哈，原來如此。這個理由還真有露娜的風格。」

不是「為了將來」或者「這是能派上用場的技能」之類的原因，而是站在哲學觀點抱持興趣的她，還是一樣老樣子。

「可是家裡的人不會說下廚很危險，然後阻止妳嗎？」

「確實會。不過我強硬地讓他們同意了。」

「剛開始的時候特別容易受傷呢。拿個刀子也很困難，不是慣用的那隻手還得彎起手指做出貓手姿勢才行，直到熟悉之前怎麼樣都做不好。」

「難道你也會做菜嗎？除了做料理之外，通常不會用到『貓手姿勢』這樣的形容。」

「是、是啊……」

原來如此——真是馬上就能理解的說明。

「可是只會一點點喔。真的只有一點點。」

我會答得這麼低調也很理所當然。

（前世會做料理，所以會一些基礎，不過在這個世界總不可能下廚嘛……貝雷特也沒有任何料理經驗。）

為了不讓過去和現在產生出入，我含糊地說。

「你真的很奇怪呢。我從來沒聽過侯爵家的公子竟然還會下廚。雖然這樣講不太好，一般來說會認為下廚是身分低微的人從事的工作。地位越高的人，就越會敬而遠之。」

「儘管不是要稱讚自己，正因為不會敬而遠之，我才會跟露娜這麼合拍吧。」

「……」

「說穿了，我既不認為那是身分低微的人從事的工作，也覺得是個了不起的職業喔。」

（畢竟我曾活在下廚這種事不分身分高低的世界啊……）

正因為曾經在那樣的環境下生活過，才不會瞧不起這件事。

「那個，我很在意你開始下廚的理由。」

「也沒什麼理由啦……」

面對帶著「為什麼？」的眼神看過來的露娜，我總不能說出「我是轉生來的，所以自然會下廚」這種理由。

「該、該怎麼說呢……」

「請說。」

「呃，一般而言或許會覺得難以理解，可是只要會下廚，僕人身體不舒服的時候就能提供協助了吧？我想說就算學會這件事也不吃虧。」

「照理來講，是僕人被開除也不奇怪的狀況呢。」

「世上沒有人不會失誤，偶爾給人添個麻煩也無可厚非。反正又不是故意要找碴，就算平常再怎麼注意身體，還是會有不舒服的時候啊。」

「……你可能都聽到厭煩了，不過你的想法真的很豁達呢。我很喜歡你這麼懂得體貼的地方喔。」

「謝、謝謝。」

「照這樣看來，你的負面傳聞應該很快就會澈底消除了呢。」

「妳這樣為我期望還真令人開心耶。老實說我在學園不太自在。」

「對不起，但是我並不期望那樣的傳聞澈底消除。」

「咦？這樣未免太過分了吧？」

「我也覺得很過分，所以才向你道歉。」

這個回應讓我明白她並不是在開玩笑。

也就是說，露娜的想法是這樣：

「不用澄清那些負面傳聞也沒關係。甚至希望能繼續散播下去」。

「露娜，妳為什麼會這樣想呢？」

「因為會有很多貴族想親近你。你可是侯爵家的公子喔。只是現在這個狀況比較特別而已。正因為特別，我才有辦法認識你。」

正因為她的身分不高，才更深知階級社會的狀況吧。

「假如那些負面傳聞都沒了，貴族都紛紛靠過來的話，我就再也沒機會跟你說話了。畢竟以我的身分來說，面對其他人我都得退讓才行。」

「……」

「雖然現在能跟你在圖書館共處，越是排除傳聞，環境應該就會產生越大的改變。這麼一想，就會令人感到相當惋惜。」

她說話的語氣和表情都沒有改變，不過我聽得出來她是認真這麼想。

「至今我都覺得只要能把時間拿來看書，身分這種事情一點也不重要。可是現在有點不一樣，我甚至會嫉妒跟你同班的艾蕾娜小姐。畢竟她跟我不一樣，即使環境有所改變，對她也不會產生任何影響。」

「露娜……」

聽到她這麼說，使我頓時語塞。我變得不知道該對她說些什麼才好。

這就是「絕對無法避免」的身分差距。

因為我給不出回應的關係，使得彼此之間的氣氛顯得有些凝重。

「容我多事地給你一個建言，請別被只覬覦你身分地位的人給騙了喔。這也是為了你自己的幸福著想。」

「妳覺得我會被騙啊？」

「是的。因為你人太好了。」

「不是吧，這時應該要否認才對啊。」

「因為這是我的主觀想法。」

「真是的……」

我實在說不過冷靜回應的她。既然都說出自主觀想法，那我也無從反駁了。

「──竟然說這種壞心眼的話，那我可不送給妳嘍？」

「送、送給我是……什麼意思？」

「就是要送妳禮物的意思。」

「我不是在問這種事情。我希望你讓我看看。」

「哈哈哈，等我一下喔。」

我原本打算吃完甜點再送她禮物，但是我覺得現在正是時機。

我打開自己的包包，拿出兩個簡單包裝過的禮物。

「雖然不是什麼了不起的東西……請妳收下這個。」

我一點都不習慣做這種事。當我強忍難為情的感覺將東西放在桌上之後，露娜便睜大了雙眼。她動作輕柔地拿起來確認重量。

「這究竟是……感覺有點重。」

「到底會是什麼呢？」

「我可以打開看看嗎？」

「當然。」

見我笑著答應，她仔細地拆開包裝。

接著她打開蓋子，便一個一個拿起來放在掌心上。

在燈光的照耀下，做成四葉草跟鳥類羽毛模樣的書籤散發出光輝。

她仔細端詳並喃喃說道：

「好漂亮……這是書籤嗎？」

「沒錯。我想這應該最適合露娜了。因為妳說過『女生都喜歡可以在日常生活中使用的東西』。」

「……你真的是……一點破綻也沒有耶。」

「我就當作這是在稱讚我吧。」

「我一定會好好珍惜這個書籤。謝謝你。」

她將書籤緊緊握在胸前，道謝的聲音聽起來有點顫抖。

「哈哈，妳喜歡就好。」

「現、現在請你不要看我……我會生氣喔。」

「抱……抱歉、抱歉。」

一進到店裡就將帽子拿下來的她，用衣袖遮住自己的臉，並且瞇著眼睛看了過來。那是帶著責備的眼神。

「……不好意思。要道歉的人是我才對。」

「為什麼？露娜沒有做錯任何事情吧？」

「我不是那個意思。因為我都收下這麼精緻的禮物了，卻沒辦法答謝你什麼。」

「沒這回事喔。而且我已經收到太多了。」

「我不記得自己給過你什麼。」

我確實沒有收到什麼物品。然而我話中指的並不是那個意思。

「說起來有點難為情，可是我從露娜身上得到總是過得特別快的快樂時光。」

「……請、請你還是閉嘴吧。」

當我帶著圓場的意圖說出真心話之後，她這次直接用雙手的衣袖遮住自己的臉。

感覺變得越來越有趣了。

「順帶一提，就算有很多人會因為沒了那些負面傳言而靠近我，只要遇到露娜，我還是會立刻跟妳打招呼喔。妳可沒有退讓的從容。」

「所、所以說，真的請你別再講了……現在請不要看我。我真的會生氣喔。」

「哈哈哈，抱歉、抱歉。我只是想說這點一定要講清楚才行。」
雖然被她一再警告，這頓飯還是讓我吃得非常開心。

＊＊＊＊

晚餐過後，搭上馬車過了十幾分鐘。
抵達了我——露娜住的宅邸。
時間已經是夜晚，漂亮的月亮和繁星在夜空中散發光芒。
「已經……到了。快樂的時間真的過得特別快呢。」
我說不定還是第一次體會到時間過得這麼快……
「能聽到妳這樣講，我覺得很高興。感覺約妳出來玩也值得了。」
「說起來可能有點奇怪，不論是外出還是遊玩，都滿不錯的呢。今天的體驗讓我明白身邊的人為什麼都想要出去遊玩了。」
「哈哈哈，妳也太晚才明白了。」
「……」
（也不用笑成這樣吧……）

早知道會被笑，我就不說那種話了。這讓我覺得很難為情。

「那麼妳往後說不定會越來越常外出遊玩呢。可能也會答應之前都不斷回絕的邀請。」

「我不會跟你以外的人遊玩喔。」

（除了你，不會有人在出去玩的時候，選擇圖書館這樣的地方。）

而且，我也不覺得無論跟任何人外出都會開心。

「嗯？但是妳覺得出去玩很開心吧？」

「是的。」

「那麼嘗試跟各式各樣的人一起遊玩看看比較好吧？」

「……我只是覺得跟你出去遊玩很開心，希望你別讓我說這麼白也能理解。」

「喔、喔喔……抱歉。」

（明明就能那麼體貼，卻搞不懂這種事情，真的很奇怪。）

要是他是故意要讓我說出口，那麼我會生氣。

「這樣講有點抱歉，可是這是露娜第一次出來遊玩吧？這麼輕易就斷定真的好嗎？」

「不、不行嗎？」

帽子是必需品。今天已經不知道是第幾次產生這樣的念頭了。為了掩飾發燙的臉，我往後退了一步。

「不，也沒有不行……不過要是傳出奇怪的謠言，我可沒辦法負責喔？」

「什麼奇怪的謠言？」

「呃，像是我們是戀人之類的吧？假如只限定跟我出去遊玩，就算被人們這樣誤會也不奇怪吧？」

「那終究只是謠言，我不在意。」

「妳是不是在勉強自己啊？」

（既然這樣想，那就不要問我。傳出那樣的謠言，我當然會覺得害羞……）

然而事到如今也說不出這種話來。

「我都說不在意了。你所謂奇怪的謠言就只有這個嗎？」

「還有其他的喔。」

「還有什麼？」

「可能會傳出是我威脅妳『只准跟我一起遊玩』……之類的謠言，大家就會用『露娜好可憐……』的目光看待妳。」

「這樣也沒關係。反正我是到圖書館上學，而且看書時也不會在意其他人的眼光。」

「真不愧是露娜。」

「過獎了。」

（被他稱讚了。雖然很開心，我必須給你帶來令人遺憾的消息。）

假如我的身分夠高，那就是另外一回事了。

「如果傳出我是被你威脅的謠言，雖然不會直接這麼承認，我說不定會作出『讓人覺得我好像是被威脅』的舉動。」

「咦！」

「畢竟你要是本來就沒有那麼多負面傳聞，狀況也不會變成這樣。」

「原來如此。意思就是要我自食其果吧。」

「是的。」

「這確實說得很對。」

其實我並不希望你「自食其果」。只不過——

（假如你身上不再有那些負面傳聞，會傷腦筋的人是我。要不是遇到特別誇張的狀況，我並不想在這方面提供協助……）

期望他人陷入不幸確實很過分，然而唯獨這件事真的抱歉了。

我想再跟你相處久一點。

我不想被別人奪走與你在圖書館共處的時光……

「……那個，雖然這樣講很自私，請你要來幫我喔。」

「要幫妳什麼？」

「當我遇到別人說著『既然妳都跟貝雷特先生出去遊玩了，那也跟我去遊玩』這種話來邀請我的話，請你要來幫我。畢竟我至今都是用『我從來沒跟任何人出去遊玩過』這樣的藉口，讓對方無話可說。」

「這點小事我當然能幫忙，可是妳應該可以輕鬆迴避吧？」

「我無法斷言。雖然放了馬後砲，這就是約我出來遊玩的責任。」

「我知道了。」

「謝謝你。」

其實你不必扛起任何責任。而且我也沒有這麼想。

因為我已經玩得夠開心了。

但是我說不出真心話。不然就會失去因為「必須保護我」而增加接觸的機會。

（身分差距真的很不方便呢。真的……）

——如此這般，時間也差不多了吧。

「……那個，今天真的很謝謝你。我留下了很棒的回憶。」

「我才是。」

（道別竟然會讓人……這麼悲傷。大家在遊玩過後，都會產生這樣的心境嗎？）

思及此，下次還要出去遊玩就讓我覺得有點憂鬱。

「我姑且提醒你一下，記得要將禮物送給你的侍女希雅喔。請務必讓她像我一樣感到那麼開心。」

「這是當然。」

「那麼……可以跟我握個手再道別嗎？雖然讓馬夫久等也很過意不去。」

「握、握手？」

「對。因為就這樣跟你道別感覺很寂寞。」

「……妳、妳說這種話不會覺得害臊嗎……？」

「因為只是開個玩笑。」

「原、原來如此。那就……握手是吧。」

（好險。要不是有補上是個玩笑話，應該會變得很不得了吧。）

在鬆了一口氣的同時，我與他兩手交握。

（這也是最後一次感受到這隻手的溫暖了……真可惜呢。）

握住幾秒鐘後，我鬆開大手。

「……謝謝你答應我最後的任性。那麼，貝雷特．賽托佛德，路上小心。」

「嗯。那我走了，露娜。我們學園見。」

「好的。」

我目送他搭上馬車。

直到馬車出發。

直到他離我遠去。

儘管還懷有「想再相處久一點」的心情，大家也都會忍耐下來吧……

這麼一想，一起溜出晚宴的那些人還真厲害呢。

只是牽著手並兩人獨處，就能感到滿足了。

無法就此感到滿足的我，應該是個貪婪的人吧。

這使我第一次發現自己這樣的一面……

****

送露娜回家，自己也平安到家之後——

「您太晚回來了，貝雷特少爺！我非常擔心喔！」

「抱……抱歉、抱歉！」

我連忙對怒氣沖沖（但不會覺得可怕）的侍女希雅道歉。

希雅一直待在玄關外頭等我回來。

原因在於回到家的時間比事前跟她說的還要晚……

「下次我一定會在跟妳說好的時間回到家。」

「請您務必遵守喔。」

「嗯、嗯。」

儘管能像這樣交談，還是跟早上一樣……總覺得有點冷淡。

在我不知道第幾次思及「到底發生什麼事了啊……」的時候，腦海中浮現露娜說的話。

『就是她覺得很羨慕，又或者感到嫉妒的意思。』

『才覺得跟主人變得要好一點了，沒想到就跟人約好要單獨出去遊玩。』

——這番臆測。

（……可是也無從跟她確認……畢竟總不能直接問她「妳覺得羨慕嗎？感到嫉妒嗎？」

這樣吧……）

什麼辦法都行不通——就在我這樣放棄的時候，看到了決定性的神情。

「貝雷特少爺……您跟露娜小姐的約會玩得開心嗎？」

「嗯，很開心喔。」

「這樣啊。那真是太好了呢。」

（剛才……她鼓起臉頰了對吧。）

就在我回完話的瞬間，希雅的臉頰就像年糕一樣鼓了起來。

她為了不被我發現而轉過身體，然而這個舉動反而讓我清楚地看見了她的側臉。正因為是從側邊看到，才會顯得更鼓。

而且是在講到露娜的話題之後，才看到這樣的變化。

（哈、哈哈哈……這樣啊。被說中了啊。）

這下子確定了。

露娜說得沒錯，她確實覺得很羨慕。仔細想想，我從來就沒有跟希雅一起遊玩過。

只要理解這樣的心境，並且想到因為這樣的情感而使得態度有所轉變……就真的令人感到相當莞爾。

我已經可以放鬆心情找她聊天了。也可以不用顧慮太多，就能將禮物送出去。

「希雅，這麼突然真的很抱歉，可是妳可以在這張椅子上坐下嗎？」

「怎、怎麼了嗎？」

「不要多問，快過來。」

「呃，可是我還有工作沒做完……」

「那就命令妳過來。」

「遵、遵命。」

命令還真是偉大。

希雅坦率地點點頭，將掃除用具放到牆邊，依照我的指示乖巧地坐在椅子上。

「那個，貝雷特少爺……請問接下來您要對我做什麼呢？」

她一臉不安地由下往上看過來詢問。

說不定以為我會針對她的態度提出警告。不過這麼想就大錯特錯了。

「其實我想送禮物給一個很想答謝的人，想請希雅先幫我試戴看看。」

「咦……不可以讓我先試戴啦！贈送曾被別人戴過的東西太失禮了！」

「沒差啦、沒差啦～」

「唔唔——！」

大概絲毫沒有想過那是要送給自己的禮物，她拚了命地抵抗。不過，只要壓制住她，就是我的勝利了。

趁她的抵抗變弱的時候，我從包包裡拿出黃色髮夾以及裝飾著紫色天然石的項鍊。

這時，希雅對著我拿出來的兩樣東西看得入迷。

「那我就替妳戴上嘍。」

「咦？啊……這、這點小事我自己來……！不能給您添麻煩……」

「這是命令。」

「……是。」

光是這樣講就坦率得有趣的她，只能隨我擺弄。

總算都準備就緒了。

首先從髮夾開始。

「我會稍微碰到妳的頭髮喔。」

點點頭。

看到她作出這個反應我才開始動作。

我將髮夾夾在沒有一絲凌亂，剪得很整齊的黃白色瀏海上。

「好了～」

（……總、總覺得因為額頭露了出來，使得她看起來更加稚氣了……可是只要可愛就好了吧？）

髮夾很適合她，沒問題——我在內心如此作出結論，然後準備替她戴上項鍊。

「希雅，妳可以用手把後面的頭髮撩起來嗎？因為脖子有點遮住了。」

「那、那個，貝雷特少爺，這個問題比您想得還要更嚴重喔……拿我戴過的東西送人還是不太好……」

「請把頭髮撩起來。」

「唔唔……」

儘管發出不安的聲音，希雅依然照著我的指示撩起後面的頭髮。

「……」

「……」

「…………」

「貝雷特……少爺？」

「啊，抱、抱歉。」

（我、我以後還是不要再作出這個指示比較好……）

這時我第一次看到她平常都藏在頭髮底下的白皙後頸。

大概是第一次看到的關係，總覺得看起來莫名地性感。一旦覺得性感，罪惡感也會油然而生。

「那、那個，我這下就幫妳戴上喔。」

在那種俗事煩惱跑出來之前，我趕緊轉換心情，將項鍊繞過她纖細的脖子並勾上釦頭。

這樣就完成了。

「好了、好了。來，妳照一下那邊的鏡子。覺得如何？」

「……我、我覺得真的很精美，感到很羨慕。」

「那就太好了。」

「我覺得這些飾品也相當適合露娜小姐，但是我先戴過了，如此一來您得再重新買一次才行……」

明明是我下達的命令，她卻一副很過意不去的樣子。差不多來收尾了吧。

「啊，說到露娜，我聽她說了很多關於希雅的事情喔。」

「咦！」

「她說希雅的成績都拿第一。」

「唔！」

「就算被男生纏上也會很穩重地應對。」

「……唔！」

「聽說還會充滿敵意？甚至讓對方都感到害怕。」

「唔——！」

她的雙眼分成三個階段「咚！咚！咚！」地睜得越來越大。

看到她這樣的反應就能知道那些都是事實。

「跟我平常對於希雅的印象不太一樣，所以嚇了一跳，可是聽到她這麼說的時候，我覺得很開心喔。」

「……」

「假如專屬侍女被人瞧不起，也會傷及我的顏面是吧？妳應該也感到害怕才是，卻還是為了我挺身奮戰，真的很謝謝妳。」

下個瞬間，我自然而然朝她的頭伸出手。

「說起來這麼老套讓我覺得過意不去，可是希雅真的是我自豪的侍女。」

「貝雷特少爺……」

我一邊順著她的頭髮撫摸——

「但是啊，我可不是因為希雅可以獨自解決問題而感到自豪喔。當妳遇到困難的時候，我希望妳不要介意身分立場，可以儘管告訴我。就算要借用他人的力量，只要可以儘早解決，我也會感到開心。」

「是、是的。嘿嘿嘿……」

當我這麼說完，希雅便膽怯地把頭湊了過來。

感覺就像在說「請再摸久一點」一樣。

然後當我摸著她的頭的時候，鏡中也倒映出我們的身影。

只見希雅笑得合不攏嘴，口水什麼時候滴出來都不奇怪。

「……」

當我壞心眼地停下摸頭的動作，她的表情就變成還想要的樣子。只要再次擺動起摸頭的動作，她就會漸漸揚起心滿意足的笑容。

透過鏡子，這些表情全都能看得一清二楚。

玩弄這樣的希雅幾分鐘、在我覺得手痠的時候，我開口說：

「那我要去洗澡了，剩下的工作就再麻煩妳嘍。」

「……啊。」

比起作出回應，她先發出覺得不夠滿足的聲音。這樣的反應就連我都看得出來。

「妳如果能好好完成工作，就再摸一次？」

「咦？……啊，麻、麻煩您了！」

希雅開心地猛點著頭。

「那麼剩下的事情就交給妳嘍。」

「是！」

就這樣，我決定自然而然地跟還戴著禮物的希雅分別。

在她婉拒之前趕快閃人。在她發現之前趕快閃人。這就是我這次的盤算。

「非、非常抱歉，貝雷特少爺！我剛才忘記把這些東西拿下來了！請問這個髮夾跟項鍊該怎麼辦才好呢！」

洗完澡之後，我對著慌慌張張地就要將髮夾跟項鍊還給我的希雅說：

「咦？希雅，妳不願意收下嗎……？我明明說過要送一個很想答謝的人禮物吧？」

「咦……」

「那是要送給希雅的禮物喔。是我為妳挑選的，很適合吧？」

隔了一段時間，我終於說出這番害臊的話。

最後我成功明確地如此傳達給她。

幕間

跟貝雷特道別之後，大概過了一小時左右。

「那個人……真的很壞心眼呢。」

洗完澡之後，在房間裡看書的露娜悄聲抱怨了一下。

「這種找碴的方式真是糟透了……竟然送這種讓人無法專心看書的禮物……」

在看書的時候，無論如何都會看到貝雷特送的書籤。

這個瞬間，就會鮮明地回想起今天發生的事情。

而且還不只這樣。就連牽手的感觸也會跟著湧上。

「唉……」

於是造成這種結果——完全看不進書的內容。

注意力都被別的事情所占據。

這對露娜來說是第一次發生的狀況。

為了解決這個問題，只要書籤從視野中消失就好——

因為產生了這個想法，她把書籤放到背後的床上，即使如此還是沒有意義。

這次又因為「有沒有弄丟」而感到不安，對於後方的狀況在意得不得了。

完全沒有心思看書。

沒辦法像平常一樣好好享受。

「討、討厭。我不要這種麻煩的禮物啦……」

露娜在大嘆一口氣的同時闔上最喜歡的書本。當她懷著不滿的情緒站起身後，便踏著碎步朝床鋪走去。

儘管半瞪著眼，還是溫柔地拿起那兩張書籤。

「真是的，都是這個害的……」

她小聲地說。

「都是這個害的……」

喃喃地說。

「……呵呵，真是夠了……」

沒過多久，她就輕聲笑了出來。

不讓自己忘記今天的幸福，露娜將那些書籤緊握在胸前……往床上倒了下去。

終章

跟貝雷特外出之後過了兩天，時間來到平日。

「呵呵……」

比平常還要早到校的露娜，一個人在圖書館二樓忍不住笑了出來。

今天還是第一次。

在學園……使用異性送的書籤。

雖然會讓人覺得「就因為這樣？」也說不定，就算只是因為這樣，還是覺得很開心。

（……都是因為擁有這個東西，害我直到現在都還很難集中精神看書——）

在那之後過了幾天，收到禮物的欣喜漸漸轉變成使用書籤時的喜悅。

只要再過一段時間，一定就能跟平常一樣集中精神了。

畢竟想要使用書籤，必須看書才行。

「……話說回來，那個人真的都會送很有品味的禮物呢。」

雖然在挑選要給專屬侍女希雅的禮物時，他表現出很傷腦筋的樣子，那說不定是為了拓展對話所做的準備。

現在仔細想想，對這樣的他提出建議，可能太多管閒事了吧。

即使如此，從他還是依照建議挑選了禮物看來，應該可以判斷沒說錯話才對。光是這樣就能安心了。

「說不定……也因為有著要買禮物送我的這個目的，他才會把圖書館排進行程呢。」

雖然很想跟他對答案，問這種事情還是太不知趣了。

只是為了讓自己開心。為了讓自己休息。為了購買禮物。更重要的是為了討自己歡心。

他究竟花了多少時間在安排那些計畫呢——

「——就只為了我……」

露娜瞇細雙眼。注視著放在桌上的兩張書籤，並且將手交疊在上面。

我絕對不會忘記這個禮物以及這份記憶。這是我最珍貴的寶物。

「真的幸好是那個人呢。」

也就是……第一次一起出遊的對象。

假如不是他，應該就不會產生「想再出去遊玩」的情感了。

露娜回想兩天前的事情一段時間之後，鬆開擺在書籤上的手站起身來。

就在準備尋找今天要看的書、踏出第一步的瞬間——

耳邊傳來圖書館的門開啟的聲音。

（嗯？管理員有這麼早來嗎……）

確認了一下鑲嵌在牆上的時鐘，從二樓往出入口的地方俯瞰——只見站在那裡的是一位出乎意料的人物。

一頭漂亮紅髮就連髮尾都梳理得很整齊，紫色的眼睛宛如寶石，以及亮麗的容貌。

被稱作「紅花公主」的她，大概是察覺到我看過去的視線，她忽然抬頭一看。

「哎呀，原來在那裡啊。您好呀。」

「早安，艾蕾娜小姐。我立刻下樓去。」

「啊，我過去就好，妳別在意。我不忍讓妳特地下樓過來。」

「好的。」

艾蕾娜不是會挑起事端的那種人，也不是會跑來找碴的那種人。我在放心的同時，也開口回應她。

（她有私事要找我吧。話說回來，她這個人還真是無可挑剔……讓人深感羨慕。）

本來應該是身分較低的人要主動去找對方。之所以沒這麼做，大概是有著自己的原則。

艾蕾娜是少數待人不會在乎身分地位的貴族，也是人品很好的人物。

貝雷特會想跟她交朋友也很理所當然。

「好久沒像這樣跟妳聊天了呢。話雖如此，頂多也只有打聲招呼就是了。」

「是啊。那個時候真的很謝謝妳。」

「沒什麼，我只是做了理所當然的事情而已。那時剛好沒有時間，我很快就離開了，真是抱歉。」

「別這麼說。」

露娜曾受到艾蕾娜幫助過一次。

那是要到學園上課時所發生的事。

有人怒氣沖沖地對自己說「區區男爵家的人，膽敢兩次拒絕本大爺的邀約」的時候，艾蕾娜碰巧經過附近，立刻向對方說「你找我『朋友』有什麼事嗎？要是有正當的理由就說來聽聽」並介入其中，幫助我脫離困境。

當時我們是第一次見面。艾蕾娜用靈機一動的謊言幫助了自己。

在我回想著當時的事情，艾蕾娜來到了二樓。

「總之先坐下吧。我今天比平常還要更早到校，所以不用多加顧慮。」

「這、這樣啊？那我就坐一下吧。謝謝。」

「不客氣。」

「如果覺得我講太久了，妳就主動打斷吧。我知道妳最重視獨處的時間了。」

「好的。」

我才想拉開椅子時，大概是注意到這個舉動，艾蕾娜便像在表達「沒關係」似的揚起微笑，然後先採取了行動。

這是身分較低的人理所當然要盡可能顧慮對方感受的世界。

由我說出「不用多加顧慮」這種話是錯的。

即使如此，假如不這麼說，艾蕾娜想必會更加顧慮吧。

正因為跟他有著同樣的思考方式，才能如此斷言。

彼此都坐下之後，對話再次展開。

「所以說，今天怎麼了嗎？妳有事要找我對吧。」

「妳這麼快就理解了，真是幫了大忙。啊，但是……也不是多麼重要的事啦，嗯。」

（我完全不這麼認為——這種話說不出口吧。）

假如每天都來圖書館，這個看法或許也會改變。

「那、那個……我可以直接進入正題嗎？」

「但說無妨。」

「那麼……我要說的就是……」

就這樣，她感覺坐立難安地開始說起來。

「妳、妳週末的時候……跟那傢伙……跟貝雷特去約會了吧？」

「是的。」

（以我的身分來說，要肯定那是一場約會可能太不知分寸……不過我不想否定。）

無論他人怎麼想，那段時光都是我的寶物。

我順從心情，坦然承認。

「是、是喔～……所以說，就是……怎麼樣？跟那傢伙約會，玩得開心嗎？」

「是的，玩得非常開心。不斷有新的發現。」

「那、那真是太好了呢。你們已經約好下次要再去約會了嗎？」

「雖然不知道會是什麼時候……」

「這、這樣啊……」

艾蕾娜一下子在桌上將雙手食指相抵在一起，一下子又微微噘起嘴來。眼神也一點都靜不下來地四處游移，同時開口說著。

（她時時刻刻都給人凜然的印象……原來也有這樣的一面啊。）

令人深感意外。

要是有男士看到她反差這麼大的模樣，一定會不禁看得入迷吧。

他說不定也看過這副模樣，然後深深受她吸引了。

這麼一想，內心就有點隱隱作痛。

「艾蕾娜小姐，看來妳很中意他呢。」

「唔！那、那是……！就是……並非什麼奇怪的事嘛……」

雖然她一度想要否認，應該有一番心思吧。

語尾越說越小聲，並且紅著一張臉承認。

「既然妳都跟他約會過了，應該明白這個意思……對吧？」

「我覺得這樣問很壞心眼。」

「我、我並沒有那個意思，可是既然妳都這樣講了，就真的不是什麼奇怪的事吧。」

雖然講得很迂迴，還是能夠理解。

而且，為了掩飾承認這點的難耐感受，我決定拉回正題。

「那個，他有送禮物給我喔。」

「咦？禮物？那、那傢伙送的……這樣啊。還真令人羨慕呢。畢竟我從來沒收過那傢伙送的東西。」

「是這樣嗎？」

「怎麼說我也不會為了這種事情說謊。順帶一問，他送妳什麼了呢？」

「看在艾蕾娜小姐眼中，說不定會覺得是個樸素的東西，我收到了這個書籤。」

「……哦～那傢伙送了這個啊……」

我拿在手上給她看，艾蕾娜沒有伸手觸碰書籤，只是定睛看著。

應該是認為「總不能隨便亂碰她想必很珍惜的東西」，才會採取這樣的行動吧。

這麼做確實讓人很開心。

「……唉。畢竟這裡只有妳，我就老實說了，我真的覺得很羨慕。」

「（平常都收下那麼多男士送的禮物的艾蕾娜小姐也覺得）有那麼羨慕嗎？」

「那當然。」

大概是不想再讓那樣的心情繼續增長，艾蕾娜的目光自書籤移開之後，感覺無精打采地瞇著雙眼。

「畢竟光是看著就知道那是他一心想著妳所挑選的禮物啊。」

「唔！」

「因為能從中感受到這份心意……才教人格外羨慕。果然比起有價值的東西，還是比較想要收到帶著滿滿心意的禮物呢。」

聽到這番令人開心的話，我覺得自己臉上也揚起微笑。

「他會挑選這兩款書籤，應該也是有原因的吧。妳發現到了嗎？」

「四葉草代表性幸運，羽毛則代表自現狀得到更好的發展——應該是這個意思吧。」

「這樣解讀也沒錯，不過羽毛為主題的東西，有時也作為加深友誼的證明來贈送喔？」

「是、是這樣嗎？」

「是啊。所以那傢伙應該也是想表達『跟妳約會很開心』，才會送出這個禮物吧。」

「唔！」

露娜並不曉得還包含了這層意思。

雖然他有直接說出「玩得很開心」，她還真沒注意到連禮物都有這方面的含意。

（……這樣感覺又會更難看書了呢。）

臉頰傳來一陣熱意。

「話說，我最想問妳的是……妳跟那傢伙有做什麼很有約會感覺的事情嗎？」

「……大概就是全程都牽著手吧。」

「全、全程都牽著手嗎！」

「不過那只是男士陪同時的護衛而已，沒有特別的意義喔。約會的時候都會這樣對吧？

姊姊是這樣告訴我的。」

「等、等一下……那樣有點奇怪。」

「哪裡奇怪呢？」

「陪同時的護衛確實會牽手沒錯，可是一般來說……那是遇到要上下階梯，或是走的地方比較不平穩之類的狀況吧？」

「咦？但是姊姊說……」

「所以說，那個……她會不會是為了縮短你們之間的距離，才會這麼騙妳呢？」

「…………」

腦中頓時變得一片空白。

聽到艾蕾娜這麼說，露娜回頭想了想……那時伸出手的時候，他確實感到有些困惑。感覺也嚇了一跳。

此時此刻，她才終於知曉自己說了奇怪的話。

（姊、姊姊……這件事我絕對饒不了妳……）

令人不禁發顫的情緒不斷湧上。然後，露娜體會到至今為止最為羞恥的感受。

＊＊＊＊

（沒想到她也會流露這樣的表情呢……）

第一次看到露娜的臉紅成這樣。不，說不定我還是第一個看到她這個表情。

（話說那傢伙……該不會是看露娜小姐可愛，藉機牽她的手吧！）

不無可能。如此一想，就覺得莫名煩悶。

「唉……妳還真是狡猾。不但跟他約會，還一起牽手，甚至收到了禮物。」

──我從來都沒有跟他做過這些事情。

「以、以牽手這件事來說，我也算是被害者。」

「妳絕對感到很高興吧？」

「並沒有這回事。就只是很普通。」

「哦、哦～反正我可以直接跑去問他。」

「……那我也要跟他說艾蕾娜小姐欺負我。」

「什……！妳這是捏造吧？」

「妳確實問了我壞心眼的問題。」

「真、真是的……我又沒有惡意……」

她確實面無表情，而且讓人摸不透，不過還是能感受到「不想被問起的情感」以及「覺得高興的心情」。

能這麼輕易看穿她的情感，想必是因為聊起貝雷特的話題吧。除此之外還真想不到其他原因。

（妳也真的很喜歡那傢伙呢……）

跟貝雷特扯上關係的人，都會接連受到他的吸引。弟弟亞倫也是其中一人。

「……那傢伙的負面傳聞消失，應該是遲早的事吧。」

「我實在難以理解，為什麼他會像那樣負面傳聞滿天飛，甚至被人避而遠之呢？」

「實際認識他之後，就會這樣想呢。不過，為了讓希雅成長而嚴苛以待……這件事被誇大傳了開來，應該是最主要的原因，可是我覺得或許跟對貝雷特心懷怨恨的貴族千金有關也說不定。」

「咦？」

「因為那傢伙身上滿是受歡迎的要素對吧……？啊，我、我的意思是站在客觀立場來說喔……他的容貌……算是不錯，性格也不差，再加上那個身分地位。」

肯定有貴族千金是為了侯爵家的身分而接近他。

畢竟就連家中爵位在下一階的我，都收到很多相親的邀約。

「所以……也有可能是對那傢伙告白卻遭到拒絕的千金小姐，帶著惡意散播謠言對吧？那傢伙不愛張揚，就算做了值得讚賞的事也都不會對任何人說，所以更是有機可乘。」

「原來如此。確實有這個可能呢。」

「不過這終究只是我的臆測，所以妳別全盤相信喔。」

「我知道了。」

露娜的回應不知為何感覺很值得信任。

只是聽她說出「我知道了」，就能感到安心。

這時我看向時鐘，也差不多是跟她道別的時候了。

「……好了，突然跑來找妳真是抱歉，那麼我差不多要走了。」

「妳應該還有事情想問我吧？」

「是沒錯，可是也差不多到了那傢伙……那傢伙來上學的時間了。」

「這樣啊。」

（如、如果有個洞，還真想鑽進去……沒想到她會這樣問……）

道別時說謊就太沒禮貌了。像這樣被她追問，我沒辦法避開回答。

為了掩飾這樣的心情，我從椅子上站起身。

「……真羨慕妳跟他同班。」

「謝、謝謝。另外……我還有一件事要跟妳道謝。」

「什麼事呢？」

「這次聽完妳說的這些，讓我知道只要貫徹無知，應該說只要擺出強硬的態度，就能讓那傢伙做出想跟他做的事情了。」

「我覺得這樣太狡猾了。」

「只、只是一點小事的話……應該沒差吧。我、我也想跟他牽手啊……」

臉頰突然漸漸熱了起來。

聽到在約會時，恐怕是全程都牽著的對象說自己「狡猾」，讓我不禁有些賭氣。

「啊，不好意思，妳的盤算是以策略結婚對他施加壓力嗎？」

「不過是期望而已……還真是難為情呢。」

「咦？」

聽到露娜愣住的聲音，使我再也無法跟她對上視線。

我把椅子靠回原位，然後往樓梯走去。

（啊……）

這時，我才想起有事情忘記跟她說了。

「**露娜**，最後還有一件事要跟妳說。」

「……」

「——儘管我不知道妳怎麼想，就算有身分差距，妳也不必對我，還有妳身邊的人有所顧慮喔。所以……要是妳有那個意思，下次就一起吃個飯，藉此慢慢鞏固周遭的人對妳的印象，或許也是個不錯的方法。」

「唔！」

我說完話走下樓梯。假如是聰明的露娜，這麼說她應該能聽懂。

老實說我一點也不想那樣說。因為這是為了出色的她著想，反而對我不利的一番話。

但是——

（……為了配得上那傢伙，我也得做到這點事情才行……雖然我也不確定啦。）

無意間想像了一下貝雷特的表情，他想必會揚起令人火大的笑容吧。

總之我用雙手拍打自己的臉頰，決定往教室走去。

＊＊＊＊

「啊，是艾蕾娜小姐！」

「哦，真的耶。」

就在我踏入校門，跟希雅一起從遼闊的操場朝校舍走去的時候。

剛好發現應該是剛處理完事情，而從其他校舍走出來的艾蕾娜。

「喂——！艾蕾娜——！」

「唔！……欸，你不要喊那麼大聲好嗎？嚇我一跳。」

「抱……抱歉、抱歉。」

在呼喊的瞬間，只見她的肩頭抖了一下——然後就（頂著一張臭臉）朝我們走來。
當然，被罵的人只有貝雷特。
「唉，希雅也真是辛苦呢。竟然得跟著這種沒禮貌的主人。」
「才、才沒有那回事呢！」
「哦！對嘛、對嘛！快唸她一頓，希雅。」
侍女替我作出反駁著實令人開心。我也跟著出聲助威……然而我錯了。
「真是的……就是因為你會作出這種就像要讓我們摯友產生對立的命令，才會被誤以為是個壞人。既然你這麼聰明，差不多該學學這點道理了吧。」
「我、我只是開個玩笑……」
「真的認為你在開玩笑的人應該屈指可數吧？」
「那、那個，艾蕾娜小姐……」
「很好！快狠狠罵她兩句，希雅！」
知道她要幫我圓場，便再次挑戰跟著起鬨，不過我果然還是錯了。
「……」
「……」
艾蕾娜投來冰冷的視線。希雅則露出感覺別有深意的笑容。

「欸，希雅，妳的主人怎麼會這麼笨拙呢？就算不用那樣做，我也不會聊些讓希雅無法介入的話題好嗎？而且就算要講，也會說些貝雷特都插不上話的事情。」

「呵呵，謝謝您替我著想，貝雷特少爺！」

「……既、既然知道我的用意，真希望妳別說出來耶。有夠難為情的。」

「我也是因為希雅早就知道才講啊。她在你用莫名高昂的情緒講話時就發現了。」

「咦？希雅也發現了嗎？」

「是、是啊。嘿嘿嘿……」

「……」

希雅那副別有深意的笑容，原來就是因為這樣。

已經覺得難為情到極點的貝雷特，搔著臉頰仰望天空，藉此逃避現實。

「啊，對了、對了，都是因為某人的關係害我來不及說，那個髮夾跟項鍊都很適合妳耶，希雅。我第一次看妳戴這些飾品，是新買的嗎？」

「這個啊！是貝雷特少爺給我的禮物喔！」

「哎呀～呃，你為什麼要突然走那麼快啊，貝雷特？」

就算想逃，也立刻被艾蕾娜給逮個正著。

希雅似乎也因為不想跟主人分開，而畏畏縮縮地跟著抓住。

——隔著圖書館二樓的窗戶瞧見他們這樣融洽談笑的光景，才女揚起微笑的同時觀察著三人。

後記

初次見面的讀者大家好！好久不見的讀者好久不見！

非常感謝各位購買這本《貴族千金只願意親近我。》。

本作為獲得第七屆カクヨム網路小說大賽，戀愛喜劇部門特別賞的得獎作品，而在第五屆カクヨム網路小說大賽中得獎也促成了我出道的契機，因此寫作時總覺得特別感慨。

由於本作是以異世界為主軸的戀愛喜劇，在用字遣詞上經歷了一番苦戰，希望多少能讓讀者感到有趣。

另外，看完之後如果產生了「主角……感覺還不錯耶？」、「女主角好可愛！」之類的感想……作者會很高興。

還有，真的非常感謝替本作畫了美麗插圖的插畫家GreeN老師。

每次收到插圖時，都得到了滿滿幹勁。

然後也非常感謝提攜本作的各位。多虧有你們，這部作品才得以順利出版。

最後要感謝在眾多作品中買下本書的各位讀者。

由於發售日（二十日）距離新年只剩下十天左右（※註：本文所指為日本當地的販售資訊）……說不定有些讀者會稍早一點買到，不過還是……

讓我用「新年快樂！」這句話作結吧——！

夏乃實

公爵千金的本領 1~8（完）

Kadokawa Fantastic Novels

作者：澪亞　插畫：双葉はづき

抱持覺悟衝過兩個世代的千金小姐——
梅露莉絲和艾莉絲的故事，在此正式完結！

梅露莉絲於社交界廣受矚目時，與霖梅洱公國的外交搖搖欲墜——塔斯梅利亞王國再次瀕臨戰爭危機。其中，安德森侯爵家有著重大嫌疑。在這複雜時期中，一旦失去身為英雄的安德森將軍肯定會開戰——為此，梅露莉絲將祕密率領士兵，奔赴戰場取得勝利！

各 **NT$190~220/HK$58~73**

被師傅強押債務的我，和美女千金們在魔術學園大開無雙。 1 待續

Kadokawa Fantastic Novels

作者：雨音惠　插畫：夕薙

債主竟是魔術名門的美女千金！
從師傅欠錢開始的學園奇幻故事開幕！

盧克斯的師傅失蹤，變得孑然一身。沒想到魔術名門的千金緹亞莉絲向他伸出援手。於是他展開新生活。兩人一起就讀國內頂尖的學園，除了緹亞，校內還有世界最強的校長及千金們——不知為何圍繞著他的騷動頻頻發生！孤獨少年開始熱鬧非凡的學園生活！

NTNT270/HK$90

哥布林千金與
轉生貴族的
幸福之路
新天新地
【插畫】とき間
Shinten-Shinchi PRESENTS
為了未婚妻
竭盡所能運用
前世知識
1
Kadokawa Fantastic Novels

反派千金轉職成超級兄控 1~3 待續

Kadokawa Fantastic Novels

作者：浜千鳥　插畫：八美☆わん

為了替兄長慶祝，
優雅且冷酷的宴會即將展開——

暑假將至，葉卡堤琳娜與阿列克謝打算回到公爵領地，屆時將舉辦慶祝兄長繼承爵位，也是葉卡堤琳娜首次亮相的慶宴。然而公爵領地至今仍瀰漫著祖母遺留的黑暗面，更有傲慢無禮的分家和螺旋捲反派千金……！凡輕蔑兄長大人者，概不輕饒！

各NT$200/HK$67

驕矜狂妄反派貴族的惡行惡狀 1 待續

Kadokawa Fantastic Novels

作者：黑雪ゆきは　插畫：魚デニム

迴避自負導致的毀滅結局吧——
運用「壓倒性的才能」開創命運！

　　我轉生成了奇幻小說的反派貴族——盧克·威薩利亞·吉爾伯特，是陶醉於自身怪物般的才能，最終被自己輕視的主角打敗的「配角」。為了迴避「毀滅結局」……只能放下自負開始努力！原先注定毀滅的反派認真起來，原作的故事將澈底脫軌！

NT$240/HK$80

6
月夜涙
畫れい亜
世界頂尖的暗殺者轉生為異世界貴族
The world's best assassin,
To reincarnate in a different world aristocrat
Kadokawa Fantastic Novels

為何我總是成為S級美女們的話題 1 待續

Kadokawa Fantastic Novels

作者：脇岡こなつ　插畫：magako

她們天天在聊的那個真命天子其實是我？
不知不覺被美女愛上的校園後宮喜劇！

女高中生姬川沙羅、小日向凜、高森結奈，具有無與倫比的美貌，受到全班不分男女的敬重與欣羨，人稱「S級美少女」。這樣的人聊起戀情，自然引起了全班一片譁然，只有最不起眼的赤崎晴也暗自焦急。其實她們聊的那個男的都是赤崎晴也……

NT$220/HK$73

我當備胎女友也沒關係。 1~5 待續

Kadokawa Fantastic Novels

作者：西 条陽　插畫：Re岳

處在對過去的悔恨以及嶄新的戀情夾縫間
搖擺不定的大學生篇揭開序幕！

在那之後過了兩年。我逃跑似的就讀京都的大學過著壓抑的生活。但是，在遠野晶和宮前栞兩個女孩，以及願意接受我這種人的朋友幫助下，日子逐漸變得多采多姿。希望這個舒適的男女團體能夠永遠持續下去，這次我絕對不會陷入愛情之中……

各 **NT$240~270/HK$80~90**

除了我之外，你不准和別人上演愛情喜劇 1~6（完）

Kadokawa Fantastic Novels

作者：羽場楽人　插畫：イコモチ

兩情相悅的兩人遇到最大危機!?
愛情喜劇迎向波瀾萬丈的完結篇！

經過文化祭上的公開求婚，我與夜華成為公認情侶。我們處於幸福的巔峰，然而情況急轉直下。夜華的雙親回國，提議一家人移居美國？夜華當然大力反對，但針對是否赴美的父女爭執持續不斷……只是高中生的我們，難道要被迫分離嗎？

各 **NT$200~270/HK$67~90**

我與她的遊戲戰爭 1~7 待續

Kadokawa Fantastic Novels

作者：師走トオル　插畫：八寶備仁

在強敵環伺的電玩大賽中，
岸嶺隱藏的力量將會覺醒！

夏天是玩家們最熱血的季節。岸嶺感覺自己的實力比起其他社員尚嫌不足，於是決定向遊戲測試打工認識的電競選手求教；而過去曾與岸嶺等人較勁過的冠軍得主率領一支強力團隊，也來參加了這場大賽——

各 **NT$200~240/HK$65~80**

在大國開外掛，輕鬆征服異世界！ 1~3 待續

Kadokawa **Fantastic** Novels

作者：櫂末高彰　插畫：三上ミカ

常信娶回「七勇神姬」當老婆，
接著卻得面臨女神的逼婚與大神的刁難……!?

慈愛女神——克歐蕾突然出現，逼迫常信和她結婚。此外，大陸的大神——澤巴為了見證常信與克歐蕾的婚姻，提出了考驗（無理的難題），但是……？帝國的數量戰術也能超越神！以人海戰術擊潰所有問題，爽快又痛快的奇幻故事開幕！

各 **NT$220/HK$68~73**

國家圖書館出版品預行編目資料

貴族千金只願意親近我。 / 夏乃實作 ; 黛西譯. --
初版. -- 臺北市 : 臺灣角川股份有限公司, 2024.05-
冊 ; 公分. -- (Kadokawa fantastic novels)
譯自 : 貴族令嬢。俺にだけなつく
ISBN 978-626-378-929-6(第1冊 : 平裝)

861.57 113003079

Kadokawa
Fantastic
Novels

貴族千金只願意親近我。 1

（原著名：貴族令嬢。俺にだけなつく 1）

2024年5月23日　初版第1刷發行

作　者：夏乃實
插　畫：GreeN
譯　者：黛西

發行人：台灣角川股份有限公司
總　監：呂慧君
總編輯：蔡佩芬
主　編：林秀儒
編　輯：彭曉凡
設計指導：陳晞叡
美術設計：郭虹吟
印　務：李明修（主任）、張加恩（主任）、張凱棋

發行所：台灣角川股份有限公司
地　址：104台北市中山區松江路223號3樓
電　話：（02）2515-3000
傳　真：（02）2515-0033
網　址：www.kadokawa.com.tw
劃撥帳戶：台灣角川股份有限公司
劃撥帳號：19487412
法律顧問：有澤法律事務所
製　版：尚騰印刷事業有限公司
ISBN：978-626-378-929-6